La Travesía

del Iscariote

Escritor Ray Navarrete

JÓVENES ESCRITORES LATINOS

EDITORIAL

#JEL

info@editorialjel.org

Febrero 2014

La Travesía del Iscariote

Derechos reservados 2020
Ray Navarrete
Portada: Ray Navarrete
Editora Ejecutiva: Alexandra Reinoso
Producido por Miriam Burbano

Editorial #JEL
Jóvenes Escritores Latinos
info@editorialjel.org

Impreso en USA
Portada: Ray Navarrete
Editora: Alexandra Reynoso

ISBN: 978-1-953207-26-5

Prólogo
Por la Activista y Embajadora de Paz
Miriam Burbano

¡Ah pero qué manera la del Escritor Ray Navarrete en este libro al dejarnos ver desde su punto de vista personal de cómo Jesús pudo o no utilizar al ser humano para lograr su propósito en su paso por la tierra!

Lo importante es no dejarse llevar por las primeras páginas de *La Travesía del Iscariote* porque Navarrete abre las puertas a mundos de fantasía que combinan las rutinas de la vida diaria, la religión, la fantasía y un mundo infinito de sueños.

Además de la historia misma de *La Travesía del Iscariote* vale la pena disfrutar la descripción de las escenas donde el protagonista se asombra y nos hace partícipes de las sorpresas que de párrafo en párrafo nos van llevando al ambiente tenebroso de algún purgatorio.

Entre líneas, así como la vida misma, la historia presenta momentos de confusión, de claridad y de penumbras pero sin tiempo para detenerse. Yendo a la derecha o la izquierda, muchas veces inconscientemente, otras no, este mapa de la vida muestra un camino por donde continuar, una decisión que tomar.

Navarrete usa su imaginación para mostrarnos como los ángeles existen para iluminar los momentos de duda cuando todo parece fuera de lugar y sin sentido pero actuamos aunque parezca tarea imposible. "…y saqué dos pequeñas bolitas parecidas a balines de acero, las miré por un instante y pensé: "¡esto! no, ¡no va a funcionar! ¿Qué hago?"

Para cada reto en **La Travesía del Iscariote**, Navarrete y su creatividad cristalizan puentes de fe que ejemplarizan aquellos momentos por los que los seres humanos atraviesan esperando llegar un día a sentir … "…un suspiro de alivio brotó de mi pecho y mi respiración desde ese instante comenzó a ser diferente, cada vez que aspiraba aire tenía una sensación de paz que no tengo palabras para explicarlas."

Leyendo este libro sabrás cuál fue la travesía de este Iscariote, así como los lectores cada día continuarán con sus propias travesías cumpliendo o no sus propósitos en esta vida para tal vez sanar a alguien en 'aquella otra'.

Ray Navarrete

Introducción

¿Será que Judas traicionó a JESÚS? o ¿Será que JESÚS utilizó a Judas?

Tal vez lo utilizó como un instrumento para que se cumplieran así las profecías. Lo cierto es que, la traición de Judas fue el detonador perfecto para que la grandeza de Jesús se manifestará a través de su muerte y resurrección.

Sin Judas no habría traición y sin traición no habría redención ni perdón de los pecados.

Hoy me doy cuenta que, aunque a Judas no se le quite el adjetivo de "traidor" es y será DIOS quien siempre nos muestre su gloria a través de los hombres. Es decir, de alguna u otra manera siempre seremos instrumentos de Dios y de Jesús para el bien de la humanidad.

Reflexionemos esto; si Dios no hubiese permitido que Judas traicionara a Jesús, o si Jesús lo hubiese evitado para no ser crucificado, ni tú ni yo en estos momentos conoceríamos la gloria del Señor.

Alguien tenía que haber sido degradado a "traidor", en este caso fue Judas, para que por medio de su "traición" Jesús fuera aprehendido y así fuese juzgado y ejecutado a según las Leyes Mosaicas y de esa manera nuevamente Dios utilizando la cerrazón mental e intelectual del ser humano que, a causa de la soberbia y del egoísmo pudiese engrandecer su poder y su gloria a través de la muerte y resurrección de nuestro señor Jesucristo, quien pagó por nuestro rescate el precio de su sangre.

Y Judas Iscariote; ¿cuál sería su reacción cuando Jesús lo llamó a seguirlo y hacerlo parte de la primera docena de apóstoles?. Yo, como cristiano debo imaginar que debió ser emocionante; obviamente mirando la escena desde este lado de la barrera.

Porque en sí debió haber sido difícil en un principio, el aceptar una invitación a seguir a alguien desconocido para emprender un proyecto nuevo sobre todo con una ideología nueva que, aunque no rompía las leyes de Moisés si traía pensamientos y mensajes desconocidos para la época.

Sin embargo, me atrevo a pensar que, entre los doce escogidos por Jesucristo, Judas debía de formar parte del plan de Dios para nuestra salvación.

A Dios no le hubiese costado nada mandar su espíritu para abrir la mente y el corazón del hombre, para ser salvado por un acto divino, pero el hombre perdería su libertad y sería sometido a Dios no como adorador de Él si no como esclavo; he ahí la diferencia entre ser sometidos a un régimen y el de ser libres para aceptar la voluntad de quien todo lo da.

La muerte y el pecado han existido desde Adán y Eva, existen a causa del mal o la desobediencia, sin embargo, no podía ser castigado por el hecho de no haber ley. Por eso la muerte comenzó a expandirse por toda la faz de la tierra desde Adán hasta Moisés.

Después Dios le dijo a Moisés que hiciera leyes para que el hombre respetara la vida y que honrara a un solo Dios; su promesa fue mandar a un Redentor para así poder vencer a la muerte y al pecado, y así liberar al hombre a través de la reconciliación.

Entonces, Judas Iscariote forma parte del magnífico plan de Dios, aunque ahora el nombre de Judas sea para nosotros sinónimo de traición. Porque sabemos que Dios dispone de todas las cosas para bien de los que lo aman.

Porque igual, Pedro negó a Jesús en el momento más crítico de la vida del señor, luego también los otros que lo seguían salieron huyendo por todos lados, abandonándolo a su propia suerte.

Me pregunto; ¿qué sería lo último que Jesús vio aquella noche en el monte de los olivos acerca de sus amigos? Le debió haber quedado grabada en la retina de sus ojos la huida de aquellos quienes le llamaban Maestro, que aun sabiendo que Él era el mesías, también al igual que Judas lo traicionaron al dejarlo solo. Tú, ¿Qué sentirías si en una situación similar tus más allegados amigos te abandonan a tu suerte?

Jesús sabía quién era Pedro y sabía que lo iba a negar al tres por dos, también sabía que sus otros amigos, lo abandonarían por miedo, un miedo tal vez impuesto por el enemigo, o quizás fue una reacción natural de hombres al sentirse superados tanto en multitud como en fuerza.

De igual manera, Jesús sabía que Judas lo vendería a sus enemigos religiosos, todos estos sucesos en conjunto forman parte de la traición a Jesús.

Sin embargo, tanto Dios como Jesús pudieron haberlo evitado, puesto que la divinidad de Jesús y el poder omnipotente de Dios es superior a cualquier fuerza, ambos permitieron que se dieran los hechos, porque la finalidad no consistía en hacer que los hombres entendieran quien era en realidad Jesús, si no, vencer al demonio, el cual se había adueñado del mundo y de los hombres desde tiempos de Adán y Eva.

Y solo con la muerte de Jesús hombre, podría realizarse ese suceso tan milagroso y divino como lo es y tan potente capaz de vencer a la muerte, rescatando así a todo aquel que había perdido la gloria de Dios por medio del pecado.

La traición en sí, es y sigue siendo un acto repulsivo ante los ojos de Dios, sin embargo, con la muerte y resurrección de Jesucristo nos queda claro que hay un acto más fuerte y beneficioso para todo aquel que se arrepiente, como lo es la reconciliación con Dios a través del perdón. Entonces, se preguntarán ¿Dónde queda Judas Iscariote?

Judas el hombre y ante la mirada de los hombres, queda en la memoria de todo los cristianos como el "traidor", como una remembranza a lo que como hijos que somos de Dios no debemos hacer.

Pero quiero creer, que Judas como apóstol escogido por el mismo Jesús debió ser asignado para cuidar las puertas del infierno o para mantener la calma entre las almas del purgatorio, sin que tenga que ser esto para él un castigo sino una tarea encomendada por el Señor de Señores y Rey de Reyes, Jesucristo. ¿O es acaso que vamos a dudar de la capacidad de discernimiento del señor al momento de escoger a sus apóstoles y servidores ?...

Capítulo 1

LA IGLESIA EN EL LAGO NEGRO

En un despertar, de pronto, me vi caminando por una calle solitaria, bajo un ambiente hostil y un cielo gris; las fachadas de las casas a mi alrededor eran como gigantescas sombras que solo formaban parte de un paisaje surreal, pareciera como si caminara sobre una densa niebla, volteaba hacia la izquierda y había una plazuela con jardines descoloridos y árboles semimuertos, al fondo entre las ramas de los árboles se alcanzaba a distinguir las siluetas de cruces de un panteón que estaba en lo alto de una colina, no había más personas ahí, más que yo.

El alquitrán del pavimento de la calle por donde caminaba parecía hervir pues burbujeaba y salía del subsuelo aquella densa niebla, que poco a poco, había cubierto la mayor parte de aquel poblado.

No sé cómo llegué a ese lugar, solo sentía dentro de mí, como una sensación de haber caminado desde muy lejos y al mismo tiempo era un sentir como de alivio y de paz, como cuando escapas de una situación de peligro, y te queda solo el estrago de la adrenalina en tu cuerpo y de muy dentro de uno mismo sale ese suspiro de alivio como diciendo "ufff ¡La libré!".

Es por eso que quedé así, cabizbajo, con la mirada clavada sobre aquel pavimento que hervía burbujas de humo.

Y así reviraba sin levantar la cabeza hacia los lados y solo alcanzaba a percibir sombras. Fue entonces, que inhalé una buena bocanada de aire, el cual, exhalé fuertemente en manifestación de valentía, y me dije: "Adelante ¡Hay mucho camino que recorrer!"

Apenas si levanté la cabeza, dispuesto a seguir caminando ¡cuando, ahí estaba! Era la imponente figura de una iglesia, con dos torres gigantescas, que parecían rasgar aquel cielo gris.

Parecía como de madera barnizada de un color negro ébano, estilo barroco, con dos imponentes cruces incrustadas, una en cada torre, con un portón de madera del tamaño de un edificio de cinco pisos y como unos veinte metros de anchura, con un tallado en madera precioso de figuras como de humanoides y una rosa a la mitad de cada hoja del portón, labradas con tal delicadeza que se podía ver a detalle, era como si la tersura de sus negros pétalos fueran reales.

Y así, atónito y boquiabierto, seguí mirando aquella imponente y misteriosa estructura gótica; no había un solo detalle fuera de sí que pudiera distorsionar con la perfección con que había sido labrada.

Barrí con la mirada, desde la punta de las torres,

percatándome de cada diminuto grabado y de pronto a la altura media del portón y postrados a los costados de la entrada, mis ojos, se toparon con dos figuras humanas, como de quince metros de estatura; eran como dos gigantescos soldados romanos con unas vestiduras en blanco y dorado.

Tenían sus cabezas levantadas pero su mirada era hacia abajo como mirando a sus pies, el uno hacia el otro, de lo alto de sus cabezas se dispersaba una luz como la de un rayo de luna, que los iluminaba de arriba hacia abajo, resaltando la blancura y brillo dorado de sus vestiduras, cada uno tenía una espada desenvainada y colocada al frente de sí, con sus manos sobre la cacha, una sobre la otra en posición de descanso.

Cada espada tenía un grabado diferente y especial, lo único en que sí eran idénticas era que las cachas eran dos cabezas de águila, labradas en oro puro, sus rostros eran de un perfil delicado, de apariencia delgada, nariz respingada y muy pronunciada, parecían como de mármol tallado bien labrado y pulido, de un color blanco matizado.

Pude ver que de la entre abertura de sus ojos, salía un destello como de fuego, en una forma lineal, muy parecido a una fina corriente de lava volcánica, que delineaba perfectamente la figura de sus ojos.

Aún estaba observando a tan magníficas figuras, cuando vi un destello como de luz dorada que corría de izquierda a derecha de una de las puertas, puse atención y parecían jeroglíficos, escritos como en hebreo o algún otro idioma para mi desconocido.

Fue entonces cuando el hombre de la izquierda, volteó su cabeza hacia mí y sin mirarme a los ojos con una voz potente pero suave me dijo: "¡Adelante! Toma tu Rosario y entra"

Entonces, metí mis manos entre mis ropas y me descolgué del cuello un Rosario que he cargado conmigo siempre, plateado, con las cuentas en color rojo carmín.

Mientras me disponía a comenzar con los rezos, todo aquel paisaje se empezó a alejar de mí, como cuando le haces "zoom out" a una postal, entonces todo el atrio de aquel lugar era como un gran espejo negro que no reflejaba, más bien era un lago de cristal negro, y sobre el lago estaba edificada aquella iglesia.

Al principio sentí temor, luego comencé a rezar el Rosario y poco a poco fui avanzando; conforme avanzaba las cuentas del Rosario se iban agrandando, terminaba un rezo y proseguía con la siguiente cuenta y esa cuenta era pequeña, pero la anterior se iba hacia atrás de mí y cambiaba de color perla, pero gigante, como de dos metros de diámetro, al voltear hacia atrás pude ver una cadena de cuentas de Rosario gigantes color perla, conectadas una con otra por una pequeña cruz de madera negra y al final se veía el crucifijo dorado que venía siendo arrastrado al son de mi caminar.

Nuevamente inhalé un poco de aire y proseguí a caminar hacia la iglesia, ya no tenía otra opción hacia dónde ir, más que hacia adelante, ya que en un intento por retroceder me hundí hasta un poco más arriba del tobillo y el lago se agitó tanto que el agua se encrespaba como queriendo formar olas.

A cada paso que daba era un rezo y cuenta nueva, al tomar la siguiente cuenta las que iban quedando atrás se hacían cada vez más y más grandes, más pesadas, pero no debía parar ni un instante ni siquiera podía voltear hacia atrás, porque cada vez que reviraba un instante para atrás, el cielo se estremecía tan fuerte que parecía como el gruñir de un león hambriento.

Y así seguí cuenta a cuenta, paso a paso; en una ocasión caí de rodillas pues la pesadez de aquel Rosario era cada vez más insoportable, pero al tocar mis rodillas sobre la solidez del lago éste crujió como cuando se estrella un cristal al momento de pisarlo.

Una ranura corrió hacia adelante, al principio despacio y de pronto tomó una velocidad incalculable, por un instante creí que se abriría y que me iría al fondo de aquel oscuro abismo.

En seguida me levanté y apresuré el paso, entre agitado y asustado me corrían gotas de sudor por la frente que al caer sobre el cristal chillaban como cuando cae agua sobre un comal caliente.

El hervor del sudor y el crepitar del cristal estrellado, hicieron que entrara en mí un poco de pánico que logré controlar gracias a que, al levantar la mirada ya estaba frente a mí aquel majestuoso edificio, labrado en madera de puertas gigantescas y solo pude ver hasta el tobillo de uno de los guardias pues sus pies eran enormes.

Entonces caí de rodillas sobre el piso y de un flashazo, el Rosario volvió a su tamaño original, lo tomé besé el crucifijo y me lo volví a colocar en el cuello y me senté en una posición de descanso sobre lo que sería parte del batiente del portón, casi al umbral de aquella entrada, pero mirando hacia el lago.

Cuál fue mi sorpresa que aquel enorme lago donde casi me hundo, era ahora no más grande que del tamaño del atrio de la iglesia de mi pueblo. Y sorprendido me cuestioné a mí mismo, "¿cómo pudo ser posible todo eso que pasé? ¿A dónde se fue todo el mar que crucé?"

Aún estaba recuperándome de la admiración por lo sucedido anteriormente, cuando escuche detrás de mí que, el portón se empezó a abrir y de un salto me levanté quedando viendo hacia adentro de aquel enorme recinto...

Y nuevamente quedé boquiabierto, mis ojos no daban crédito por lo que estaban presenciando. A primera instancia se abrió una rendija que se formó por la separación de las puertas y del fondo del recinto salió una suave brisa que refresco mi cara y sacudió mi corta cabellera, en seguida, salió un destello de luz blanca como la luz natural del día, en un principio creí que esa era la salida de aquel anochecer perenne, que parecía infinito y que me hizo cruzar aquel enorme lago de cristal.

La luz se podía percibir más no pasaba más allá del umbral de aquella enorme entrada custodiada por aquellos dos gigantes de vestiduras blancas con adornos dorados y que el faldón les llegaba como dos cuartas abajo de las rodillas, usaban sandalias de piel teñidas en oro y con hebillas de oro blanco.

Terminó de abrirse el portón y me dispuse a entrar o salir, en ese instante aún estaba confundido, entre sí era la salida de aquel mundo surreal hacia el mundo real y el de no saber qué era lo que me esperaba del otro lado, al cruzar el umbral de aquella puerta.

Di un par de pasos hacia delante, entonces los ojos de aquellas enormes figuras se abrieron, sus ojos eran de un color blanco azulado, como el color de las nubes de Abril en un atardecer fresco, pero al mismo tiempo destellaban como llamas de fuego y no se les podía mirar fijamente, directo a los ojos.

Seguí caminando hacia adentro y ellos envainaron sus espadas, el de la derecha se me adelanto de un enorme paso, caminó velozmente y se me perdió de vista tras la puerta que él resguardaba, el de la izquierda se quedó a mis espaldas, como en posición de protector.

Y así entré al recinto, aquello era como una enorme caja de madera de caoba barnizada al natural, en las paredes laterales se simulaban los ventanales más no estaban abiertos, en la pared del fondo se veía la figura de un altar como el de una catedral, pero todo estaba en relieve sobre madera.

Quise ir hacia lo que según yo sería el altar, cuando sentí un par de fuertes manos tomándome por los hombros que me hicieron torcer hacia mi flanco derecho, entonces quedé de frente hacia un pasillo con las mismas características del templo principal, pero este no tenía relieves todo era liso y de una sola pieza.

A la entrada estaba el guardián que se había adelantado, pero ya su tamaño se había reducido a una estatura como de 2.7 metros, mirando hacia el fondo de aquel largo pasillo dándome la espalda y en posición de avanzar.

Me quedé un instante quieto y despistadamente revise a mi izquierda, tratando de ver de nuevo hacia el altar, pero un enorme pilar de mármol me tapó la vista, entonces voltee la cabeza para ver bien pues me sorprendió ver ese pilar que anteriormente no estaba ahí, pero fui empujado suavemente hacia la entrada del pasillo.

Aquello era como una ilusión óptica, todo estaba muy bien alumbrado, la luz de ese lugar era tan clara como luz del día, pero en sí, parecía como si hubiesen colocado un espejo en una pared, reflejando el fondo de otro espejo colocado en la pared contraria, la única diferencia es que yo no me reflejaba, así que supuse que era un pasillo real y me dispuse a avanzar.

Conforme fui caminando, el guardián que iba delante de mí se alejaba cada vez más y el que venía detrás esperaba a una distancia considerable como para no importunar; al cruzar el umbral de la entrada del pasillo me detuve para observar con cautela todo a mi alrededor.

En ese momento me pude percatar que iba descalzo, pero no sentía la superficie del piso, me quedé un instante mirándome a los pies y la sensación que tenía era como si caminara flotando, es decir sin tocar la superficie del piso.

Entonces me pregunté, "¿desde cuándo estoy descalzo?" pero algo en mi mente me hizo entender que, aquel lugar era sacro y que por esa razón debía de entrar descalzo, mas no recuerdo en qué instante me quité los zapatos.

Todavía estaba tratando de entender aquella situación, cuando el guardia que iba adelante volteo y con la mirada me hizo la señal que lo siguiera.

Entonces avancé hacia él, pero a cada paso que daba me encontraba en un nivel más abajo, como si estuviera bajando hacia un sótano a pesar que desde la entrada del pasillo la superficie se veía unánime, sólida y bien nivelada; apenas había avanzado tres pasos y ya estaba en un tercer nivel más abajo.

Cada nivel era como de diez por diez metros de grande, las paredes eran del mismo material, sobre todo el techo de madera barnizada en color natural y bien alumbrada, las paredes a mi izquierda eran lisas mientras que las de la derecha tenían un relieve, figurando una entrada resaltada por un par de pilares.

Al ver aquel tipo de entrada me dio por querer acercarme, pero el guardián volvió a voltear y esta vez con la cabeza me hizo la señal de avanzar y ya no supe donde se había quedado el otro guardián.

Entonces seguí avanzando rápidamente tratando alcanzar al guardián, pero cada vez se alejaba más y más, nunca logré alcanzarlo.

De pronto, me detuve en un nivel que al parecer debió ser el último, aquel pasadizo era como el del fondo de un sótano, y por segunda vez me vi solo, como cuando llegué a la entrada de aquel lugar hostil, las paredes a mi lado seguían igual de alumbradas, pero al frente todo era una oscuridad abismal y se sentía un frío muy extraño, solo se podía percibir muy vanamente una suave ráfaga de luz de colores como si fuera una aurora, pero solo duraba una fracción de segundo.

Sentí el frío del piso correr desde mis pies hasta mi cabeza estremeciéndose toda mi columna vertebral y solo me salió un aliento de ánimo, sacudí mi cabeza y me dispuse a entrar en aquella abismal oscuridad.

Conforme avanzaba comencé a ver debajo de mis pies algo
así como figuras de vapor, con cara de humanos deformes,
que venían desde el fondo, como queriendo salir de aquel
abismo, subían y bajaban; en sus rostros se notaba angustia
y signos de un dolor inmenso, conforme avanzaba hacia la
entrada del abismo se multiplicaban las sombras de humo y
yo perdía cada vez más el miedo.

Y así fui avanzando, entre cantos de himnos celestiales y
declamando salmos, fui poco a poco acercándome a la
entrada y el barullo de aquellas figuras era cada vez más
fuerte y yo cada vez más valiente y decidido.

Cuando estaba a tres pasos de la entrada, me acomode para
de un salto poder entrar; ¡más no sé de donde! ¡Paaas! que
se aparece repentinamente frente a mí el guardián, aquel que
se había quedado atrás y como en un acto de magia se
expandieron un par de alas a sus espaldas que cubrieron
toda la entrada, fue tan majestuoso aquel espectáculo que
caí de rodillas con la cara al suelo en posición de adoración,
pude ver la blancura de sus alas y su rostro desencajado,
como cuando estás molesto y con la mano sobre la cacha de
su espada, listo para desenvainar y salir al ataque.

Todo aquello quedó en un silencio absoluto, levanté las manos en son de paz y poco a poco me fui incorporando, hasta quedar completamente de pie y de frente de aquel valiente guerrero.

Todo volvió a la normalidad; entonces, me hizo una señal de retorno, cuando di la media vuelta alcancé a ver como la pared de mi izquierda, la que era como una puerta sellada se ondulaba, como si alguien o algo fuera a brotar desde el fondo de la pared.

Hice el intento por acercarme, no sin antes voltear la mirada al guardián, como pidiendo su aprobación para proseguir, la cual me fue concedida con un casi e imprescindible gesto en su rostro.

Me acerqué a la pared y extendí mi mano para tocarla, la sensación que tuve era la misma que se siente al tocar el vientre de una madre en su séptimo mes de embarazo, mientras que el embrión se mueve de un lado hacia otro de una forma inquieta.

Al poner mis manos sobre la agitada pared esta, se fue poco a poco calmando hasta llegar al sosiego total, entonces, del trasfondo de la pared escuche murmullos, como de ancianos pidiendo auxilio, tenía casi que pegar mi oído para poder escuchar lo que decían y solo se escuchaba entre murmullos algo así como: "ayúdanos" "Ayúdanos a salir de aquí".

Pregunté: "¿quiénes son ustedes y qué hacen ahí?"

Entonces una voz más clara pero quejumbrosa casi al punto de llanto respondió diciendo: "somos sacerdotes y cuidadores de la ley y hemos estado aquí desde tiempos antiguos, pagamos una condena por haber fallado a nuestro compromiso con Dios" "sácanos de aquí" "sácanos de aquí" una y otra vez se escuchaban los lamentos.

Otros decían "se siente un frío inmenso y al mismo tiempo tenemos sed" Entonces volví a preguntar: "que puedo hacer para que salgan de ahí" y nuevamente la voz contestó: "Tú, que estás entre los vivos pide a Dios por nosotros".

Dije: "denme sus nombres de prisa que se me acaba el tiempo" (no sé por qué razón hubo una sensación en mi de que el tiempo ahí era limitado, si anteriormente parecía como si el tiempo no existiera en ese lugar) entonces, comenzaron a venir uno tras otro y la pared se volvió a agitar, decían sus nombres mas no pude entenderlos pues lo decían en lenguas para mi desconocidas; solo tomé mi Rosario y cerrando los ojos dije: "*!Tú, que eres el dueño de la vida y que eres bondadoso hasta con los que no te aman, te ruego que llames a todos y cada uno a tu presencia y olvidando sus ofensas los* *juzgues según sus actos de bondad y les permitas gozar de las maravillas de tu casa!; porque solo tú conoces a todos y cada uno por nombre y apellido, pero que no sea lo que yo te pido si no que sea tu voluntad la que actúe"*

Terminé mi oración de intercesión por ellos, y seguí adelante.

Al girar hacia mi derecha; aquel lugar ya no era el mismo, todas las paredes eran ahora de mármol gris con un aspecto como de mausoleo o tumba y además era el triple de grande y a un costado alcancé a ver unas escaleras que bajaban desde muy alto, caminé hacia ellas, mientras iba hacia adelante todo detrás de mí se transformaba en una densa niebla, entonces, busqué para todos lados tratando de encontrar al guardián que me acompañaba, pero ya no estaba conmigo.

Apresuré el paso hacia las escaleras y comencé a subir; subí corriendo algunos escalones no sé cuántos, quizás quince o veinte no recuerdo, ni siquiera pude contarlos, tuve que detenerme porque sobre el escalón donde quedé parado había una pieza de tela blanca era como de seda suave pero pesada, parecía como un manto, lo tomé y me lo coloqué sobre los hombros, sentí paz y tranquilidad, de nuevo perdí el miedo y la angustia de verme solo.

Entonces, volteé hacia atrás y todo aquel lugar había desaparecido, todo era como un abismo oscuro, el escalón donde quedé parado, era el último, antes de caer al abismo, me quedé por un instante mirando hacia abajo, tratando de ver algo, pero todo fue inútil, absolutamente nada se podía ver.

Me cubrí la cabeza con el manto y el resto lo dejé caer sobre mis hombros y espalda y comencé a subir la escalera.

Después de un rato de subir escalones llegué a un descanso de la escalera que era otro cuarto pequeño con las mismas características del anterior, pero este era como tres veces más pequeño, intenté cruzar rápido, pero escuché una voz que me dijo *"¡detente! ¡No puedes cruzar así!"* *"¡Si no haces lo mismo que hiciste anteriormente jamás podrás salir de aquí!"*

Entonces, cerré mis ojos y me acerqué a la pared que figuraba una puerta, la toqué con las dos manos, pero no pasaba nada, intenté irme, pero aquel lugar crujía fuertemente como queriendo derrumbarse, entonces, escuché otra voz quejumbrosa diciendo *"¡ven! ¡ven!, ora por nosotros"*, yo pregunté *"¿quiénes son ustedes?"*; *"yo no recuerdo mi nombre, pero tú me conoces, soy de tu tierra"* y siguió hablando *"está muy oscuro aquí y hace mucho frío, somos muchos que estamos sufriendo, pero nadie sabe su nombre, tenemos prohibido movernos y hablar"*

Entonces "¿cómo es que hablas conmigo?" *"me fue permitido porque tú eres del mundo de los vivos y solo los vivos pueden ayudarnos"* y así se fue desvaneciendo la voz *"ora por nosotros, ooooraaa por nosotros"* agarré la túnica y oré diciendo:

"Tú, que caminaste por el mundo como un desconocido, que buscaste servidores entre los hombres, que no sabían quién eras, tú que aun siendo un desconocido sabías bien quienes eran los que te habían de seguir y bendiciéndolos, los llamaste por sus nombres y los llevaste contigo para llevar la buena nueva y fuiste misericordioso con todo desconocido que te encontraste por el camino, te pido en manera de intercesión que también sientas misericordia por estos desconocidos que perdones sus pecados, así como perdonaste a tantos mientras viviste como ser humano entre nosotros y que los llames por sus nombres y los lleves al lugar del eterno descanso y perdones sus faltas... amén".

Aún no terminaba de orar, cuando se escuchó un gran estruendo y una fuerte ráfaga de viento se escuchaba venir desde el fondo del abismo y comencé a correr hacia las escaleras que, esta vez estaban delante de mí como a unos cuarenta metros, iba corriendo, pero sentía como si mis pies se enterraban en arena suelta; todo aquello de pronto, se volvió un enorme torbellino que relampagueaba, salían rayos y centellas del centro del huracán aquel.

Por fin logré llegar a las escaleras, tan solo subí algunos escalones y en un dos por tres todo quedó en silencio y totalmente calmado. Tomé una bocanada de aire, volteé hacia atrás y todo aquel lugar era ahora un gran valle verde con una infinidad de flores de colores, pero visto desde arriba hacia abajo, como por encima de las nubes, era tan hermoso todo aquel paisaje que suspiré de alivio y me quedé un buen instante observando.

Vi como un río de aguas cristalinas que surcaba un valle entre grandes palmeras y aves de largas alas surcaban el horizonte y volaban en círculos de cuando en cuando.

De pronto, una de esas aves se separó del grupo y se vino volando directo hacia donde estaba yo, no despegué la mirada de esa ave pero, como se fue aproximando su cuerpo fue tomando forma humana, sus alas eran blancas y enormes, su rostro era bello y de cabellera dorada como el sol, a su costado se veía algo así como una espada y sus pies eran dos robustas garras de águila que las traía en posición de ataque, y ¡sí! el ataque era contra mí, pues se vino directo a mí y con sus garras intento atraparme, mientras con su voz potente dijo; *"¿quién te dio permiso mirar hacia acá?"* y se escuchó un estallido, como el eco de un cañón, que me dejó aturdido.

Así todo aquel hermoso panorama desapareció de mi mirada.... yo, me quedé arrinconado entre los escalones, sacudiendo mi cabeza por lo aturdido y asustado. Me fui arrastrando poco a poco hasta lograr incorporarme y así seguí caminando, como ebrio sosteniéndome de la pared.

Aún me estaba recuperando del aturdimiento cuando entré a una segunda sala, ésta tenía las paredes de oro y el piso era como un espejo de cristal cortado, en el centro había una figura de una rosa de los vientos, donde el norte apuntaba hacia mi derecha, el sur a mi izquierda entonces dije: *"¿voy al poniente? Pero ¡cómo! si de allá vengo"*

Me quedé admirado, más porque cada punta era una piedra preciosa, pero más me llamó la atención la punta que marcaba el suroeste, esta era un rubí rojo hermoso, que parpadeaba, como una luz de advertencia, pero suave y prolongado. Entonces decidí caminar hacia aquella luz.

Caminé cautelosamente hacia la luz pues, no estaba seguro si el piso era seguro, ya que parecía tan frágil, que decidí no correr riesgo alguno.

Y así logré alcanzar aquel enorme rubí que era como de dos metros de diámetro, comencé caminar alrededor y cuando estaba en la punta que indica el suroeste me dio por tocarlo... y entonces, se abrió una enorme puerta en la pared detrás de mí y sentí como una brisa marítima a mis espaldas al voltear, pude ver un enorme mar, bajo un cielo nublado, en el horizonte se veían relámpagos y rayos caer sobre el mar, parecía como si una enorme tormenta se aproximaba, lo curioso era que el mar estaba tranquilo, apenas si se podían percibir las olas, y yo miraba hacia un lado y al otro entre curioso y emocionado pero algo me decía que en realidad no era lo que parecía.

De pronto, detrás de mí, se escuchó una voz como de mujer, suave y amorosa que me decía: *"este es el mar de los tormentos, donde son purificadas todas las almas que se arrepintieron en el último suspiro de sus vidas"* y por mi mente empezaron a pasar imágenes de infinidad de personas que agonizando pedían a Dios clemencia y misericordia, unos en camas de hospital, otros en accidentes de autos, otros asesinados, etcétera, etcétera… cuando todas esas imágenes dejaron de pasar por mi mente yo espontáneamente pregunté: *"¿y se salvarán?"*, *"no, sin antes pasar por el fuego purificador"* dijo la voz y agregó *"cuanto más se ore por ellas más rápida será su purificación"*

Entonces comencé a cantar estos versos:

> *Tú, que limpias con fuego*
> *quien purifica las almas*
> *con la fuerza de tu amor*
> *en el mar de olas mansas*

Tú, que eres misericordia
y socorres a quien te aclama
da pronto consuelo
al mar de todas las almas…

tú, que limpias con…

Y así, me fui alejando hacia el norte de aquella sala, canturreando aquella canción y pidiendo consuelo por todas las almas.

Y nuevamente comencé a subir escaleras, en ese momento ya todo era tranquilidad y sosiego; un silencio se apoderó de mí y una gran paz sentí en mi corazón entonces, decidí contar los escalones entre una sala a la otra; estos son los números:

Eran tres salones grandes; cada salón tenía tres salas que estaban conectadas por escaleras de cuarenta escalones entre una y otra, para entrar de la última sala al siguiente salón había que caminar setenta pasos y setenta por setenta eran la medida de cada salón.

Así fui recorriendo uno a uno cada salón, pude ver desde el más horripilante de los tormentos hasta la purificación de los no nacidos, de aquellos que murieron en el vientre de la madre o que fueron arrancados del mismo vientre cobarde e intencionalmente. A estos últimos, había que ponerles nombre y ser bautizados simbólicamente en el nombre del Salvador del mundo.

Pero solo quien los engendró puede hacer eso, bajo vigilancia canónica apostólica.

Así llegué de nuevo hasta el recinto de aquella catedral, se escuchaban coros y alabanzas, se cantaban salmos y se leía la palabra, me fui acercando poco a poco y fui descubriendo la majestuosidad de aquella hermosa catedral, que estaba llena de gente, todos de pie y mirando hacia el altar, del centro del altar surgía una luz blanca muy brillante que cegaba la mirada por eso a las personas no se les podía distinguir muy bien, ya que todo estaba completamente iluminado por aquella hermosa luz.

Yo comencé a caminar hacia la luz, sintiendo un calor inmenso en todo mi cuerpo y mi corazón se agitaba emocionado y contento, iba haciendo el intento de incorporarme al coro, cuando fui tomado por los brazos y jalado hacia atrás mientras que una mano cubría el rostro y una voz me decía: "aún no estás listo" y me sacaron al atrio.

Quedé de pie y de espaldas a la puerta, al voltear ya estaban los guardianes en su lugar, y uno de ellos me dijo: "vete por donde viniste" y comencé a caminar, al principio todo era como de día y calmado, de pronto, todo se empezó a nublar y a oscurecer, comencé a correr porque detrás de mí se estaba formando un mar, había olas enormes siguiendo mis pasos, que eran firmes, pero todo era agua detrás de mí, así corrí y corrí hasta alcanzar la orilla; al llegar a la orilla me tiré al suelo de rodillas, cerré mis ojos y grité "que sea tu voluntad" y cerré fuerte mis ojos, apreté los puños de mis manos, esperando el azote de las olas contra mí.

Pasaron unos segundos y empecé a escuchar el cantar de gaviotas y el vaivén de olas suaves. Poco a poco abrí mis ojos, era de día y efectivamente estaba de rodillas sobre la playa, con mis manos empuñaba arena, frente a mí había una colina con una vereda, por donde alcancé a ver a una pareja subir y perderse entre la maleza, suspire y me incorporé mirando hacia la vereda…

Capítulo 2

El PASADIZO DEL DIABLO

Me levanté, me sacudí la arena de mis manos, mi pecho y cuando iba a sacudir mi pantalón me di cuenta que traía puestos mis zapatos. Entonces, sacudí la arena de mis rodillas y me enderecé, mi mirada se quedó clavada hacia una colina que estaba frente de mí.

La maleza de aquella colina estaba seca, eran pastizales espigados, pero ya estaban dorados por el sol, solo se podían ver entre el amarillento paisaje uno que otro arbusto verde y de entre los arbustos se distinguía una vereda de color rojizo terracota, muy bien remarcada como si fuera usada cotidianamente.

La vereda bajaba desde la cima de la colina hasta la orilla de la playa, estaba observando de arriba a abajo la colina, cuando de pronto, por entre los arbustos, vi como una pareja se perdía, al entrar por la vereda, no supe por dónde llegaron, solo alcancé a ver sus espaldas, en un principio me parecieron conocidos, pero nunca más los volví a ver.

A pesar de que corrí hacia la entrada de la vereda para tratar de alcanzarlos, no los pude alcanzar.

Comencé a subir por aquella vereda, todo era muy bonito estaba cubierta bajo la sombra de los arbustos, los cuales formaban un túnel por donde había que pasar, entre los arbustos había infinidad de avecillas que se correteaban unas a otras y su trinar era muy relajante, parecía como si caminaba por un bosque lleno de aves donde se respiraba mucha paz.

Así, fui subiendo poco a poco y conforme caminaba la vereda se iba ampliando hasta llegar a convertirse en un camino de terracería polvoso, los arbustos quedaron atrás, el trinar de las avecillas dejó de escucharse y así llegué hasta la cima de la colina, volteé hacia la playa para grabarme aquella hermosa vista del mar, la arena y proseguí a caminar.

Frente a mí, había un camino recto de terracería, blanco y polvoso, que pasaba por en medio de pastizales secos y se perdía en el horizonte y pensé; *"¿a dónde me llevará este camino?"*, seguí caminando y caminando por un buen rato.

Cuando iba a la mitad del camino, alcancé a divisar a lo lejos a un anciano con vestiduras de manta y un sombrero de paja sobre su cabeza, estaba sentado sobre una piedra plana y blanca. El anciano miraba hacia mí, parecía como si me estuviera esperando. Poco a poco me fui acercando y me fui recorriendo hacia el lado contrario del camino, tratando de evitar pasar por donde estaba aquel anciano.

Pero él hizo una seña con su mano para que me acercara, por un instante dudé en acercarme, pero él insistía con su mano, entonces me acerqué, conforme me iba acercando trataba de ver su rostro, pero este se le ocultaba bajo la sombra del sombrero, solo se le podía distinguir el brillo de su mirada, y una barba medio larga y blanca que cubría su delgado rostro.

En su mano sostenía un bastón de madera, fabricado por él mismo, pues puede distinguir la rudeza con que fue labrado aquel bastón.

"Buen día" dije al anciano, quien solo movió la cabeza, de un lado hacia el otro, como en señal de desapruebo, entonces, volví a tratar de entablar conversación con él:

- "¿Hacia dónde me dirige este camino?" "¿Lo sabe usted?"
- *"¿Hacia dónde quieres ir?"* me preguntó con voz fuerte y clara.
- "No lo sé" le dije
"Es verdad" dijo *"no lo sabes"* y prosiguió diciendo *"a veces vas hacia el norte a veces vas hacia el sur, a veces vas hacia el cielo a veces al infierno, pero eso, lo decides tú"*

Y me quedé sorprendido con su respuesta, después de un instante de silencio le pregunté *"¿quién eres? y ¿de dónde vienes?"*

- *"Soy solo un caminante como tú" "no vengo ni voy tan solo tránsito de norte a sur y de arriba abajo, buscando respuestas y salidas, encontré un atajo"* - "¿atajo?" "¿atajo hacia dónde?" le pregunté y él sólo apuntó hacia el camino en dirección hacia donde iba yo.

Le dije; *"debo seguir"*
- *"Sé cauteloso y sobre todo valiente, porque del lugar a donde vas quizás ya no regreses",* le quedé mirando, asombrado por lo que me decía y de pronto su rostro se me hizo conocido, y le dije: *"¿que tú, no eres…? ¡Si tú, eres!"* ya no alcance a decirle nada más, porque enseguida se levantó y se fue de prisa.

Me quedé pensativo pues su rostro me pareció muy conocido y me pregunté a mí mismo *"¿Será él? No, no creo que sea."* Y seguí caminando.

No recuerdo por cuánto tiempo más caminé, pero llegué al final de aquel camino, que terminaba justo en la entrada a otra vereda, pero ésta descendía por un acantilado rocoso, al fondo del acantilado se veía un arroyo y se escucha el sonido del agua que corría entre las rocas.

Entré en la vereda, que era como de un metro de ancho, y corría a lo largo del acantilado, hacia mi lado izquierdo era una pared de rocas y hacia mi derecha el acantilado, pero me protegían de la caída, de las puntas de las rocas sobresalientes.

Primero bajé por un desnivel como de 45 grados, bajé arrastrándome como si fuera en un tobogán, como de veinte metros de profundidad, para enseguida subir otra pendiente con las mismas latitudes.

Al subir la segunda pendiente, vi que venía subiendo del otro lado, otro anciano, con su sombrero colgado sobre su espalda y un morral colgando de su hombro izquierdo, en su mano derecha una cuerda con la cual jalaba a un burro, con la carga tapada con costales de raspa.

Detrás del burro tres perros, atados al fuste del burro, jalados por una cadena.

Me hice a un lado subiéndome entre las rocas para darle paso al anciano que pasó junto a mí, sin percatarse que yo estaba ahí.

Vi como sus pies sangraban, sus pantalones estaban desgarrados de las rodillas hacia abajo y se le escuchaba un murmullo como de llanto. El burro parecía asustado, pues echó su mirada hacia mí y en su brillo se veía el miedo, se detuvo a unos pasos de mí el anciano, y sin voltear me dijo: *"¿Vas a entrar?"* y yo me quedé en silencio, entonces replicó con fuerza: *"te pregunto, ¿Que si vas a entrar?"*

- *¡Supongo que sí!* dije yo; de su morral sacó algo y extendió la mano para dármelo me acerqué sin bajarme de las rocas y estiré las manos para tomar lo que me daba, era algo así como pequeñas rocas redondas y me dijo: *"lo vas a necesitar"* y siguió su camino. Cuando pasó, el burro volteo hacia mí y sonrió mostrándome su dentadura, la cual, no era de dientes normales, sino una hilera de filosos colmillos.

Los perros que venían detrás del burro, parecían como de raza labrador, de color acanelado, se veían muy nobles, como para traerlos encadenados, pero al pasar pude ver que su trasero no era el de un perro normal, sino que era ancho como el de un lobo, sus colas eran robustas y negras, pero en lugar de dos, tenían tres patas traseras, con sus garras muy grandes.

Y así los vi alejarse perdiéndose, camino arriba por la vereda.

Las Tres Chozas

De un salto me bajé de entre las rocas y caí a orillas de la vereda, por un instante vi hacia abajo del barranco y allá en el fondo me pareció haber visto a alguien que volteaba hacia mí, pero era muy profunda la barranca y dije: "debe ser mi imaginación", además la niebla era muy densa allá en el fondo. ¡Más no sé por qué! Me quedó grabada esa escena, era como si me estuvieran observando, dije: *"¡bah! No es para tanto"* y seguí mi camino.

Al bajar la pendiente, la vereda hacía un doblez y se perdía entre una apertura en las rocas y que simulaba como la entrada a una cueva, pero se alcanzaba a ver una luz que se trasminaba desde el otro lado de la cueva, sin pensarlo seguí caminando, dentro de ese pasadizo todo era fresco y muy agradable hasta se respiraba cierta paz.

Al llegar al final de aquel semitunel, me sorprendí mucho porque la vereda terminaba justo ahí y hacia una pendiente semi - inclinada que terminaba en un patio grande de tierra muy bien nivelado y sobre todo bien conservado y limpio, al fondo del patio había una cabaña hecha de adobes, enfrente de la cabaña había un corral de piedra que comenzaba justo desde una esquina de la fachada de la casita aquella y terminaba al otro costado.

Tenía como unos seis metros de profundidad y con un portoncito de madera simulando la entrada justo a la mitad de la barda frontal del corral, pero en dirección exacta a la puerta de la entrada de la cabaña, pensé debe ser la casa del anciano que me acabo de encontrar y ese debe de ser el corral del burro...

Pero al voltear hacia atrás me intrigó pensar por dónde pasará el burro si el pasadizo de esta cueva es demasiado angosto, apenas si puede pasar una persona delgada como yo y los perros podrían pasar uno por uno, pero no atados, así como los llevaba el anciano.

Traté por un momento de encontrar respuesta lógica a tal situación, pero no había forma, todo me parecía extraño *"¿Habrá alguien en la casa?"* me pregunté y sin más caminé hacia la entrada de la casa.

Atravesé el patio y al acercarme a la puerta del corral comencé a gritar: *"¡Buenas tardes! ¡Hola! ¡Buenas tardes! ¿Puedo pasar?"* Al no escuchar respuesta empujé la puertecilla y esta se abrió, apenas si di un paso hacia dentro cuando, no sé de dónde, apareció un enorme perro negro que se me echó encima sin darme chanza de retroceder para salir corriendo, solo di dos pasos atrás y le grité. *"¡Quieto! ¡Quieto!"*, venía directo a mí, enseñando sus colmillos y gruñendo, pude darme cuenta que era muy parecido a los perros que viajaban con aquel anciano, las garras de sus patas delanteras eran enormes, y tenía tres patas traseras.

Y comenzó a caminar en son de ataque, pero alrededor mío, yo solo lo seguía con la mirada, esperando a ser atacado de pronto recordé lo que me había dado el anciano, y sin hacer movimiento brusco metí la mano en mi bolso y saqué dos pequeñas bolitas parecidas a balines de acero, las miré por un instante y pensé: *"¡esto! no, ¡no va a funcionar! ¿Qué hago?"*

Aún estaba pensando en qué hacer, cuando el perro se tiró de panza al suelo y le cambió un poco el semblante, entonces lo miré fijamente a los ojos y le dije, mostrándole los balines *"¿quieres esto?"*, y movió un poco la cola en señal de aceptación, entonces sin moverme mucho y revirando de lado a lado comencé a medir distancia entre yo y la puerta de la casa y el final del patio, sin pensarlo más tiré lo más fuerte que pude los balines hacia el final del patio haciendo que la bestia los siguiera y así poder correr hacia dentro de la casa.

Afortunadamente funcionó mi plan, la bestia corrió tras su comida y yo corrí rápido hacia la entrada, apenas si llegué a la puerta, cuando sentí como el animal me rasgó el pantalón con sus garras delanteras, caí en medio de la casa, pero no me siguió atacando, ni siquiera le dio por meterse a la casa.

Quedé tirado boca abajo, a la mitad de lo que sería la sala de aquella casa, adolorido de mi pierna derecha, me di la vuelta hasta quedar sentado sobre el piso, vi a la bestia alejarse hacia el fondo del patio, mientras yo revisaba las heridas que me había dejado en mi pierna.

Al ver mi pantalón desgarrado y mi pierna sangrando, se me vino a la mente la imagen del anciano que me encontré en la vereda y pude imaginar, que él también fue atacado por la misma bestia, pero luego me dije: *"¿Y cómo es que llevaba tres bestias con él?"*

Aún estaba pensando en eso, cuando la puerta se empezó a cerrar poco a poco, haciendo un rechinido macabro, quise levantarme rápido para salir corriendo, pero resbalé, fue entonces cuando reaccioné y pude darme cuenta que el piso de aquel sitio estaba muy bien pulido, parecía como de mármol negro o quizás era de piedra de granito, *"¿Cómo podía una choza de aspecto humilde tener un piso tan lujoso?"* Fue la pregunta que se me vino a la mente.

Y por más que intenté ponerme de pie no pude, entonces en un último intento caí de rodillas con la cara hacia el lado contrario, mientras a mis espaldas se terminó de cerrar la puerta, todo quedó oscuro, tan solo había un poco de luz que se pasaba a través de las rendijas.

Algo dentro de mí, me decía que continuara hacia delante, al fondo de la cabaña se veía otra puerta, pero ésta sí era sólida pues, sólo se podía distinguir por la luz que se filtraba por debajo, comencé a caminar hacia la puerta y de la nada se comenzó a escuchar un gran bullicio, como el de gente que pasaba o venia hacia donde yo estaba, aquel barullo era cada vez más fuerte conforme iba avanzando.

De pronto por todo alrededor de aquel oscuro cuarto se fue encendiendo una llama de luz, era de color azulado y con destellos rojizos, como si fuese la de una flama de gas y también se desprendía un fuerte olor como de azufre que me comenzó a marear, así se comenzó poco a poco a llenar aquel lugar.

Las paredes alrededor se comenzaron a emblanquecer, eran como cortinas de humo que bajaban desde el techo sobre la pared, yo sacudía la cabeza, tratando de disminuir el efecto del azufre, que cada vez era más fuerte, entonces comencé a ver sombras como de personas que venían hacia mí, haciendo gran barullo y aturdido, escuchaba que decían: *"culpable, culpable, culpable, eres culpable, tú, tú lo vendiste, y ¡es por tú culpa que estamos aquí! culpable, culpable"*

Así fui avanzando paso a paso, fantasmas con dedos acusadores pasaban frente a mí y con risas burlonas mencionaban el nombre de cada uno de mis amigos y de mis hermanos, algunas voces se acercaban a mi oído y con carcajadas decían: *"tú no salvarás a nadie eres culpable como todos nosotros jajajajaja"*.

Risas por aquí risas por allá, mi mirada se comenzó a nublar, las piernas ya no me respondían era como si estuviera caminando sobre arenas movedizas sentía mis pies y mis manos pesados, miraba a la puerta y la miraba como que se desvanecía, entre la bruma y el bullicio volví a ver aquella silueta del fondo de la barranca parada en la puerta y estirando la mano, como si quisiera ayudarme a salir de ahí.

Una pesadez se apoderó de mi cabeza y como pude estire mi brazo hacia aquella la silueta y cuando estaba a punto de alcanzarla todo se oscureció y solo sentí como ir cayendo en un abismo profundo e infinito.

¡No sé cuánto tiempo pasó, ni cómo es que salí de ahí! Solo sé que al abrir mis ojos lo primero que vi es que estaba recostado sobre un recoveco entre las piedras y a la sombra de un árbol, revisé todo a mi alrededor sin moverme, con la mirada barrí mi entorno, a mi derecha había una enorme roca, a mi izquierda se veía una vereda que bajaba muy parecida a la anterior por donde bajé a la cabaña y por detrás del árbol se asomaba la misma salida de la cueva por donde llegué a esa cabaña, de un salto me levanté y dije:

"¡no es posible llegué al mismo lugar!" o "¿estaba soñando?"

Me puse de pie y al levantarme vi mi pierna desgarrada había perdido mi zapato de la misma pierna. Y cuando levanté la mirada fui viendo que la vereda era muy parecida y que también me llevaba a otra cabaña, con las mismas características que la anterior solo que para llegar al patio principal había que cruzar un puente de piedra, semi arqueado y que a simple vista se veía muy débil parecía como si se estuviera derrumbando por el paso del tiempo.

También desde ahí pude ver que en el corral había dos bestias que estaban atadas una a cada costado de la puerta de entrada a la cabaña, pero me llamó la atención que la puerta estaba semiabierta y desde ahí se asomaba de nuevo aquella silueta, quise gritarle para que me esperara, pero se perdió tras el umbral de la puerta.

Bajé corriendo para tratar de alcanzarlo, pero al llegar al puente vi como a este se le desprendían las rocas de su estructura y decidí parar, para tratar de cruzarlo con precaución, me acerqué un poco para ver el fondo debajo del puente, pero todo era oscuro y tenebroso, y se sentía sombrío y muy frígido ese lugar. Así que comencé a cruzar el puente.

Paso a paso y con mucha cautela avancé diez pasos y dije: "no pasa nada" aún no terminaba la frase cuando se derrumbó la parte del puente que apenas había cruzado, entonces ya no tenía forma de regresar no me quedaba de otra más que seguir adelante.

Por un instante sentí temor, crucé los dedos y cerrando los ojos dije; que sea lo que dios quiera y comencé a caminar rápido, conforme avanzaba el puente se derrumbaba detrás de mí.

Por fin logré cruzar el puente hasta llegar al patio de la siguiente cabaña.

Al tocar tierra firme, escuche detrás de mí como el resto del puente terminó de derrumbarse al fondo del precipicio.

Todo el entorno de aquel nuevo patio era diferente de cómo se veía del otro lado. Desde atrás se veía asoleado como cuando la luz del sol le daba al atardecer, sin embargo, en ese momento todo el lugar era gris y hasta un poco tenebroso.

A lo lejos se escuchaban las cadenas de las bestias que estaban atadas a la entrada de la choza, y la brisa que corría era caliente y formaba remolinos con el polvo de aquel lugar y en ocasiones se levantaban nubes de polvo que no me permitían ver más allá de dos metros.

Cuando la nube de polvo se calmaba todo el entorno se veía rojizo, y el cielo cada vez más negro. Al llegar a la entrada del corral la portezuela se abrió sola y escuché una voz que decía: "¡Pasa! ¡Eres bienvenido!" Pregunté quién era, pero nadie contestó, así que decidí entrar.

Como ya sabía del comportamiento de las bestias saqué de mis pantalones las cuencas que me había dado el anciano, pero esta vez como haría para alejarlas de la entrada para evitar ser atacado pues estaban atadas a unas estacas con dos enormes y pesadas cadenas.

Eché un vistazo a las cuentas en mi mano y solo tenía tres, ¿qué hacer en una situación de esa índole? Me puse en cuclillas para probar la reacción de las bestias, pero no se inmutaron, solo estaban ahí sentadas y con su mirada retadora hacia mi persona, avancé un paso y las bestias se levantaron gruñendo y se pusieron en son de ataque.

Y de nuevo la voz: "¡Pasa!", "¡Pasa!", "¡No temas!" Pero esta vez alcancé a escuchar una risita burlona de alguien más, parecía como la risa de niño, volví a preguntar: "¿quién es?" Y de nuevo el silencio; la oscuridad del cielo era cada vez más densa y el viento que soplaba en el patio cada vez más fuerte.

De pronto un relámpago alumbró el lugar y pude ver unas huellas que iban hacia la entrada de la choza, entonces me volví a agachar para tratar de distinguir bien las huellas, pues pensé si esta persona pudo pasar sin ser atacada tal vez yo puedo hacer lo mismo, además ¿qué otra alternativa me queda?

Tomé una de las cuentas y la arrojé sobre las huellas hacia la puerta, las bestias trataron de alcanzarla, pero las cadenas no eran lo suficientemente largas, de manera que, entre una bestia y la otra quedaba un espacio justo para poder pasar entre ellas sin ser atacado.

Así que decidí avanzar. Caminé poco a poco poniendo un pie justo enfrente del otro como si fuera haciendo equilibrio sobre una línea de ladrillos.

Al llegar al punto donde las bestias quedaban cara a cara estás que ya venían alborotadas desde el primer paso que di, se fueron contra mí, por un instante sentí que perdía el equilibrio y la calma al sentir como sus narices rozaban mis rodillas, al tratar de echarse encima de mí sus ladridos me aturdían y sus garras manoteaban al aire.

"Tres pasos más, tres pasos más", dije entre mí mismo; "tres pasos más y ya estoy adentro". En el último paso antes de llegar a la entrada me tambalee un poco y fui alcanzado por las filosas uñas de una de las bestias sobre mi hombro derecho, al sentir el zarpazo me tiré hacia el lado contrario pero hacia dentro de la choza, quedé semi - colgado del marco de la puerta y adolorido del hombro, como pude, me puse en pie, mientras las bestias aún trataban de darme alcance, entonces tomé las dos cuentas que me quedaban y se las tire, una para cada una, para alejarlas de la puerta, solo así se calmaron.

La puerta de la choza se cerró por sí sola y quedé en la total oscuridad. Un olor putrefacto se dispersó por todo el lugar, y las paredes rechinaban como queriéndose quebrar, poco a poco comencé a girar tratando de encontrar una posible salida, pero era imposible no se podía ver absolutamente nada, al tratar de caminar sentí mis pies enterrados en lodo, y el olor era cada vez más intenso e insoportable.

Al fondo entre la oscuridad vi una silueta blanca, como la de un hombre que me hacía señas de ir hacia donde él, sentí un enorme alivio y decidí avanzar hacia donde estaba la silueta y cada paso que daba me hundía en el lodo más y más, comencé a sentir temor de hundirme en aquel misterioso pantano, cuando el lodo llegó a mis rodillas volví a escuchar la risa burlona de aquel niño, y con voz burlona me decía: "¿no puedes salir? ¡Jijijijiji!", "¡Hasta aquí llegaste!"

"¿No sé quién seas?" le contesté: ¡pero no te tengo miedo! Es verdad que temo por mi vida, pero mi fe en Él, es más fuerte que mis miedos, ¡¡cállate!! Me interrumpió otra voz más fuerte y madura. "¡Este es el pantano de las almas podridas y de aquí no sales!", y tú "¿quién eres como para retenerme aquí?" Le conteste, mientras seguía intentando zafarme del lodo.

"jajajajajaja ¿Quién soy? ¿Quién soy? jajajaja estúpido soy el custodio de este lugar". La pregunta te la hago yo a ti, ¿Tú quién te crees que eres?
"¡Jajajajajaja, hay una legión resguardando este lugar y por más que intentes salir no lo lograrás!
"¿Jajajajaja quién soy? ¿Quién soy? Jajajaja jajajaja jajajaja!"
Una multitud de carcajadas retumbaban en aquel lugar.

El olor, el bullicio, las carcajadas y las burlas invadieron todo el entorno por momentos, el miedo se apoderaba de mí, que intentaba salir de aquel atolladero.

De pronto un diminuto rayo de luz se vino esparciendo desde el lugar donde estaba la silueta esperando por mí, de nuevo la paz llegó a mi corazón y comencé a ignorar todo el ruido a mi entorno y solo fijé la mirada en ese diminuto rayo de luz, y comencé a avanzar hacia él, las risas se fueron dispersando, fue disminuyendo el bullicio y conforme estiraba mis brazos hacia el rayo de luz, fui poco a poco zafándome del pantano hasta lograr quedar en piso firme.

Sin despegar la mirada de la silueta al fondo de la oscuridad, fui avanzando poco a poco y el olor putrefacto fue disminuyendo, ya no volví a sentir miedo, al contrario, me sentía valiente, conforme avanzaba sentía a mi alrededor miradas vigilantes sobre mí, como esperando a que flaquera para volverme a retener, pero en un silencio total, seguí caminando sin voltear hacia ni un lado, todo mi enfoque estaba en aquella luz que me indicó el camino, el esfuerzo físico y la fe brotaron de mí.

En mi avanzar entre la densa niebla y la oscuridad absoluta, solo, aquel rayo luz que por momentos parecía disiparse fue mi guía y mi fortaleza, ya que por mi memoria pasaban imágenes pecaminosas de mi pasado por las cuales sentía gran angustia y dolor al recordar de cuanto en mi ignorancia ofendí a Dios, cuanto ofendí con mis actos.

Aquellos demonios parecía que se alegraran de mi sufrimiento, sin embargo, en cada paso que daba fui entregando todo al causante de aquel rayo transparente de luz el cual sólo yo podía ver.

El sudor que brotaba de mi frente era tan frío como el gas congelante y provocaba en mí un dolor intenso como si por los poros de mi piel brotaran brasas ardiendo.

Cuando el rayo de luz se desvanecía, mi fuerza era cada vez más, solo así podía seguir avanzando. En cierta ocasión la luz se apagó de mi mirada y me quede en la total oscuridad, un gran temor se apoderó de mí y solo recuerdo que me arrodillé y me postre con la frente al suelo y me puse a orar.

Grande es tu misericordia
pero igual de grande es tu justicia
por eso, has corregido mi vida
con misericordia, pero más con justicia

Y no porque quieras castigarme
sino porque me amas y deseas mi salvación
tú con tu misericordia puedes salvarme
pero necesaria es la justicia de tu amor

Heme aquí aceptando con paciencia
la dureza y el dolor de tu corrección
mi boca te quiere gritar ¡clemencia!
pero mi alma acepta la prueba con amor

No renegaré de ti, aunque me duela,
aceptaré con amor lo que es tu voluntad

Ray Navarrete

y si por las noches el dolor me desvela
buscaré tu rostro y tu mirada de amor y paz

Alabaré tu nombre, a pesar de mi dolor
no cesaré de bendecirte a cada instante
buscaré refugio bajo las alas de tu amor
y será para ti, mi alabanza un canto incesante

Grande es tu misericordia señor
pero más grande es la justicia de tu amor
por eso, acepto humildemente la corrección
que tú le has dado a mi alma, cuerpo y corazón.

No sé por cuánto tiempo permanecí en esa actitud de oración, pero cuando levanté mi mirada ya estaba justo en frente de aquella luz que era tan resplandeciente que me cegaba, pero no lastimaba mis ojos, era como cuando permaneces por un tiempo prolongado en la oscuridad y de repente sales a la luz.

Un suspiro de alivio brotó de mi pecho y mi respiración desde ese instante comenzó a ser diferente, cada vez que aspiraba aire tenía una sensación de paz que no tengo palabras para explicarlas. Así fue como salí de aquella segunda choza de la cual no creí que podría salir. Y todo fue gracias a la luz de esperanza, que solo el creador pudo haber enviado.

El Abismo y la Oscuridad

Nada se podría comparar con lo pasado antes y nada volverá a ser igual después de lo vivido dentro de aquella última choza; en adelante dije: "el camino será más libre y sin más sorpresas, por más chozas que tenga que cruzar", frente a mí había un camino recto, como en una llanura de pastizales secos y uno que otro árbol pequeño en los cuales se podían distinguir pequeñas avecillas revoloteando en su entorno, la brisa que se sentía era como brisa otoñal, lo digo por la frescura y ese olor peculiar a hojas secas que tiene el otoño.

El camino era polvoso más no estaba cansado ni el sol me calaba. Así que seguí caminando y disfrutando del paisaje aquel.

De pronto dos avecillas se acercaron a mi revoloteando sobre mi cabeza, una era de color gris con una línea de puntos blancos a lo largo de su espalda que comenzaba desde el cuello y se alargaba hasta la punta de la cola. El otro era totalmente negro y su aspecto me infringía discordia.

Traté de ignorar el pequeño percance y seguía caminando, la avecilla gris volaba delante de mí como indicando el camino, mientras que la otra no dejaba de revolotear sobre mi cabeza, con mi mano trataba de ahuyentarla, pero solo volaba más alto y enseguida bajaba al ras de mi cabello.

La avecilla gris se paró a la mitad del camino y trino tres veces en son de alerta, más yo, ignorándola seguí caminando, pero de nuevo voló delante de mí y volvió a pararse y esta vez trinó más fuerte y volteo su cabeza hacia mí, su pequeña mirada se clavó en la mía e hizo una seña como indicando que no siguiera.

La avecilla negra se espantó y salió volando despavorida perdiéndose entre los arbustos, yo volteé la mirada para ver hacia donde se había ido, más la perdí de vista muy rápido debido a su diminuto tamaño.

Cual va siendo mi sorpresa, que cuando voltee hacia enfrente el cielo estaba oscurecido, todo el ambiente era un crepúsculo de un frío invernal y al mismo tiempo muy triste.

El camino desapareció frente a mí, convirtiéndose en una densa franja de neblina que simulaba la ruta que debía seguir, en forma curvilínea, la densa niebla me llegaba a las rodillas, y todo el paisaje alrededor quedó en total oscuridad, es decir, desapareció de mi mirada.

Comencé a sentir como la adrenalina de mi cuerpo comenzó poco a poco a elevarse, sentía miedo, pero al mismo tiempo dentro de mí surgía una valentía inexplicable.

Así que fui caminando siguiendo la línea de niebla que entre más avanzaba era más densa y oscura, de pronto al fondo como a unos setenta metros alcance a ver de nuevo aquel rayo de luz transparente que brotaba de otra pequeña choza que apenas si se podía distinguir en medio de la oscuridad.

Al principio me dio la impresión que era un pequeño rayo de luz de luna que se filtraba a través de la niebla, pero poco a poco me fui convenciendo que en realidad era una luz fija que trataba de indicarme por dónde seguir.

Caminé directo a la luz y al acercarme a la choza pude darme cuenta que tenía las mismas dimensiones que las otras dos chozas anteriores, solo que esta vez estaba en la oscuridad total y apenas si se podía distinguir entre la escabrosa bruma.

El frío, era cada vez más intenso y aunque el cielo parecía nublado, no había rasgo de que fuera a llover, pues no había relámpagos, que era lo que yo por un instante esperaba para poder ver un poco por donde caminaba.

Decidí cruzar el patio de la choza pues ya me sabía el camino, sin embargo, esta vez no sentía temor alguno, solo mi corazón estaba agitado por la adrenalina que se apoderó de mi cuerpo entero, al entrar al patio principal de la choza, la niebla que marcaba el camino se disipó, lo mismo pasó con el rayo de luz.

Con valentía avance hacia la entrada, iba dispuesto a enfrentarme a las bestias, pues después de la segunda choza ya tenía experiencia de cómo lidiar con esas bestias, sin embargo, al llegar a la entrada no había nada de bestias, solo estaban tres estacas enterradas en el suelo con unos pequeños trozos de cadenas de los cuales posiblemente estuvieron atadas, me quedé quieto por un instante pues por mi mente pasó la posibilidad de que andaban sueltas y que en cualquier momento sería atacado por sorpresa.

Dejé pasar otro instante y cuando estuve a punto de avanzar, me acordé del anciano que me topé a la mitad del camino, entonces concluí que él había tomado las bestias con él, pues eran tres las que llevaba atadas atrás del burro.

Entonces decidí seguir adelante, volví a ver las tres estacas en el suelo y me preguntaba: "¿cómo le haría aquel anciano para poder llevarse las bestias sin que estas lo destrozaran?" Debió haber luchado fuertemente contra ellas.

Seguí caminando y cuando estaba a punto de entrar a la choza escuché una voz que me decía: "aún estás a tiempo de regresar, no entres o jamás podrás salir de aquí, toma las bestias y regresa por donde viniste" otra voz se escuchó con más suavidad, diciendo: "veas lo que veas, escuches lo que escuches, no digas nada, tu mejor arma será tu silencio, yo contestaré por ti cuando sea el momento" entonces dijo un poco más fuerte: "entra y no olvides lo que te dije"

Al entrar a la choza comencé a escuchar una multitud de lamentos de infinidad de formas, como de gente bajo tortura, pero solo escuchaba, mas no veía nada.

Avancé unos pasos más y en medio de la choza apareció una especie de escalera que bajaba hacia las profundidades de un lugar muy extraño que nunca había visto antes. El frío que brotaba de ahí era insoportable, pero decidí bajar porque al fondo de aquel abismo alcancé a distinguir el pálido rayo de luz que me había venido guiando.

Al bajar al primer escalón, pude darme cuenta que no era un escalón hecho por la mano humana, sino que eran raíces que brotaban de una pared de lodo como de barro gris y pegajoso, y de un olor a pudrición muy fuerte que casi no permitía respirar.

Los lamentos y los gritos de desesperación eran cada vez más fuertes, causados por los tormentos a los que seguramente eran sometidas aquellas personas, el frío comenzó a quemar mi piel, era tan intenso que hacía brotar llagas en todo mi cuerpo, yo recordaba las palabras que había escuchado y solo apretaba fuertemente mis dientes para no decir palabra alguna.

Conforme iba bajando, vi como en las raíces había personas colgadas como intentando subir, sentí una gran compasión por esas personas, pues en sus rostros se veía la desesperación y el sufrimiento, intenté bajar un poco para tratar de ayudar a una que estaba cerca, pero al acercarme a ella me asusté pues era una persona conocida.

Su rostro estaba totalmente deformado pero su aspecto físico me era familiar, se veía como que lloraba, más de sus ojos no brota ni una lagrima, enseguida comencé a ver más y más personas conocidas y en silencio intenté hacer oración por ellas pero fui interrumpido por un bullicio enorme que decía maldiciones y cualquier cantidad de palabras obscenas y maldecían.

La luz, y sombras como de bestias se venían en contra de mí como queriendo evitar que yo ayudará a nadie, pero no me tocaban porque al acercarse a mí salían despavoridas como si mi presencia las asustara.

Así permanecí de pie, observando a cuantas personas alcancé a distinguir colgadas de aquellas resbalosas raíces, no pude contar a cuantas personas conocí, pero sí puedo decir que eran muchas.

Cerré los ojos por un instante como un acto de solidaridad por aquellas personas, pero fui interrumpido por un ruido estruendoso, que brotó del fondo de aquel lugar, abrí los ojos y allá al fondo de nuevo alcance a distinguir el rayo de luz del cual me guiaba, entonces comencé a caminar hacia donde estaba la luz.

A mitad del camino me detuvo un hombre alto bien parecido y muy bien vestido, con una elegancia que solo los grandes magnates tienen. Con acento elegante y muy bien educado me preguntó: *"¿Me podrías decir que te trajo a este lugar, has encontrado algo que te pueda interesar? Contesta"* me dijo: *"¿O es acaso que eres taciturno? Si es así yo te puedo dar el don del habla"*

Más yo, permanecía en silencio. Veía como su rostro cambia, su actitud de serenidad a enojo y hacía muecas como de querer gritar y volvía a preguntar con serenidad y educación:

"¿Acaso me temes? No temas, yo sé quién eres y sé también que podremos ser grandes amigos, solo dame tu nombre. Y yo te diré el mío

y una vez siendo amigos podrás pedirme lo que tu necesites y ¡yo con gusto te lo daré!", *"Está bien"* amablemente replicó, pero con un tono de molestia *"yo te diré mi nombre primero, pero enseguida tú me dirás el tuyo"*.

Y yo en silencio total, entonces dijo: *"Mi nombre es..."* dentro de mí brotó una voz fuerte y con autoridad, diciendo: "¡Silencio! ¡Nadie te ha preguntado cómo te llamas! ¡Te ordeno que te alejes, sabes que tienes prohibido tocarlo!"

Y refunfuñando se echó atrás y con actitud de miedo respondió agazapado entre unas raíces: *"¡Porque me tratas así, yo solo quiero ayudar!"*, *"¡He dicho que silencio, sabes muy bien cómo te irá si vuelves a intentar seducir a esta persona!"*, *"¡Retírate de mí vista! Y no te vuelvas a acercar a nadie al cual no tengas autorización"*; y nuevamente mi boca se cerró, y aquel ser salió corriendo echando maldiciones y gritando blasfemias en contra de la luz.

Todo quedó en total silencio y yo seguí caminando a pasos lentos pues para entonces dos tercios de mi cuerpo estaba lleno de llagas a causa del frío que me quemaba, cada paso que daba era un martirio para mi cuerpo, pero mi espíritu y mi alma estaban intactos y eso me daba fortaleza física para seguir adelante.

De dónde provenía el rayo de luz, alcancé a ver una escalera que al parecer bajaba de un lugar muy bien alumbrado y me dirigí hacia ella, más por instinto que por decisión propia, al llegar a la escalera como pude me sostuve de los barrotes y alcé la mirada para ver qué tan alta estaba y solo alcanzaba a ver unos cuarenta escalones pues, un negro nubarrón me impedía ver más allá.

Respire profundo y como pude intenté subir el primer escalón, después el segundo y vino un tercero, así poco a poco hasta llegar al séptimo escalón, de pronto sentí como mi mirada se me nublaba mi cuerpo cansado se desvanecía y de pronto me vine abajo totalmente fuera de mí, sentí como iba cayendo a un abismo oscuro y sin fondo mientras rogaba a Dios por clemencia.

Un par de manos me sostuvieron a la mitad del camino y comenzaron a elevarme, hasta alcanzar el punto máximo de elevación, comencé a sentir aire fresco en mi respiración y mi cuerpo sintió un calor agradable, entonces abrí mis ojos.

Lo que vi era tan hermoso, que en toda mi vida jamás había visto, frente a mí se veía la tierra envuelta en un paraíso, pero el paisaje que veía estaba al revés, había árboles gigantescos de un verdor primaveral, ríos frondosos, infinidad de animales y árboles frutales, en medio de todo sobresalía un monte, que a primer instante me pareció como un volcán, pero no.

No era un volcán era una especie como de montaña que se asimilaba como una bolsa de ate en forma de cono de la cual brotaba agua a cuentagotas, es decir salía una gota de agua a la vez, aquella montaña en forma de saco era de color café claro y oscuro a cuadros.

Mi cuerpo estaba acostado boca arriba, pero todo aquel paisaje estaba al revés, la mitad de mi cuerpo a lo largo seguía sumergido en la densa nube y solo la parte frontal de mi cuerpo recibía el calor de aquel lugar. Nuevamente fui sumergido en el oscuro y frío abismo y mis manos se estiraban como queriendo alcanzar aquel hermoso paraíso.

De nuevo me vi en la oscuridad y la frigidez del abismo, pero esta vez al pie de la escalera que irradiaba luz y calor, poco a poco, las llagas de mi cuerpo fueron sanando y mientras sanaba mis labios cantaban alabanzas a un ser supremo e indivisible.

Cuando mi cuerpo se sintió fortalecido de nuevo comencé a buscar una salida, ya no podía volver a subir las escaleras, pues me fue prohibido. Así que opté por seguir caminando en línea recta a través de aquel abismo, pero esta vez iba totalmente fortalecido.

Caminé y caminé por mucho tiempo; durante mi trayecto vi infinidad de gente sufriendo en aquel lugar, yo las veía, pero ellas a mí no me podían ver y las que me veían, me maldecían y me ofendían, algunas me retaban para que yo peleara con ellas, pero jamás olvidé que "el silencio es mi mejor arma"

En una ocasión en que el cansancio me alcanzó, caí rendido sobre una raíz, y entre sueños comencé a recordar mi niñez, y veía como una figura maternal como la de mi abuela me abrazaba entre su regazo y sentía el olor de sus ropas, estaba sentada en una gran silla solo podía ver su ropa blanca, y sus enormes pies, al sentirme ahí todo era una paz y una tranquilidad indescriptible.

De pronto vi unas manos como de hombre que se estiraban hacia mí, me tomaron de las manos y me arrancaron de aquella figura maternal, quise reclamar, pero aquella figura empujándome por la espalda me dijo: ¡ve, no pasa nada!

Y me fui con él.

Nos fuimos caminando por unos valles hermosos, pero todo era dorado, como de oro puro, los árboles, el cielo el camino por donde caminábamos, todo absolutamente todo, el camino era como un enorme lingote de oro bien pulido;

recuerdo que platicaba con aquel hombre al cual no le alcanzaba ver el rostro por lo gigantesco que era.

Sin embargo, platicábamos de cosas; a las orillas del camino había unas pequeñas montañas doradas que me llamaron la atención porque resplandecían de una manera muy singular y parecía como si del fondo de esas montañitas brotara música, pedí permiso para acercarme a una de ellas y me fue concedido.

Cuál fue mi gran sorpresa, que no eran montañas, sino que eran coros de niños acomodados en forma de pirámide y cantaban de una forma celestial e incansable y sus rostros irradiaban felicidad.

Estuve viendo y escuchando de un lugar a otro y todos los coros eran maravillosos.

De pronto el camino topó a la puerta de una fachada como de iglesia gigantesca, toda de oro, volteé hacia el hombre y le dije: "¿puedo entrar?" Con la mano hizo una señal de aprobación, fui corriendo hacia la puerta.

La puerta se abrió y en la entrada había una escalera de madera amplia, que bajaba, retrocedí, pero fui empujado suavemente por aquel hombre que me ayudó a bajar mientras yo me aferraba a sus brazos y lloraba diciéndole

"¡no me quiero ir!" Entonces acercó su rostro y con voz amorosa me dijo aún no perteneces a este lugar, anda baja que cuando sea el tiempo tú estarás aquí, y agregó, dile a tu pariente que todo estará bien.

Reconocí su voz, porque era la misma voz que me había dado indicaciones de permanecer en silencio anteriormente. Me ayudó a bajar y caí en tierra firme en el mundo real y frente al atrio de la iglesia del pueblo donde comenzó toda esta travesía.

Comprendí que él me sacó de aquel oscuro y frío abismo, no sé por cuánto tiempo más deberé de recorrer por el mundo, ni cuántas veces más me tendré que enfrentar a la oscuridad, pero mientras lo tenga a él presente sé que por más dura que sea la prueba, siempre, saldré avante, en su nombre.

Si Jesús utilizó a Judas para que se cumpliera lo que estaba escrito y que quizás por eso el Iscariote anda rondando el mundo del abismo tratando de salvar almas y seguirá su travesía por toda la eternidad o hasta que la justicia divina baje a la tierra para juzgar a vivos y muertos, es el mismo Jesús quien con autoridad puede utilizar a cualquier ser humano sin importar su rango social, cultural o económico, para mandar un mensaje a la humanidad de cuál es el camino correcto a seguir, para llegar a la salvación.

Jesús ya murió por nosotros y por nuestros pecados bajó a las profundidades del abismo para la redención de los pecados, la pregunta es: "¿Cuándo es que nosotros moriremos por Él para engrandecer su nombre?

El Regreso A Las Auras Del Infierno

Parado de nuevo en el mismo lugar donde comenzó todo, parecía como que todo había sido un sueño, sin embargo, era tan palpable la sensación de haberlo vivido en cuerpo y alma, que me quede inclinado por un momento más, tratando de recuperarme de todo.

Mis ojos clavados en el asfalto, mis oídos atentos al entorno, todo se sentía tan diferente, pero un silencio total habitaba aquel lugar, revisé de lado a lado sin levantar la cabeza esperando encontrarme con algún conocido, al mismo tiempo trataba de escuchar alguna plática, voces o el trinar de aves, cualquier cosa que me hiciera saber que estaba en un lugar seguro, después de un buen rato de permanecer atento al entorno y no escuchar nada ni ver a nadie más, entendí que aún no terminaba aquella travesía.

Me levanté, enderecé la cabeza mirando hacia el oriente y sí, estaba de nuevo a la mitad de la calle del mismo pueblo, rodeado de montañas, el mismo panteón, la misma plaza, pero esta vez sin casas solo la iglesia.

Parecía como que estaba amaneciendo, pues el cielo se veía de un amaranto dorado muy hermoso pero nublado era como que, si las nubes estuvieran por encima del sol, o si las nubes tuvieran luz propia, muy extraño todo aquello, sin embargo, sentí paz y tranquilidad, pero al mismo tiempo la adrenalina de mi cuerpo por lo recién vivido estaba en su nivel máximo, volteé hacia la iglesia y dije: "iré a dar gracias por haberme sacado de aquel abismo".

Atravesé el atrio me paré enfrente de la puerta y traté de mirar a través de los cristales, pero no se podía ver nada hacia adentro. Entonces empujé la puerta y apenas si la toqué se abrió por sí sola.

Me dije aquí voy de nuevo, cerré mis ojos, respire profundamente y di un paso hacia dentro al abrir mis ojos me di cuenta que estaba en medio de la noche a orillas de la carretera y haciendo línea, entre medio de una gran fila de personas que estaban esperando a quien los levantaría del camino.

La noche era muy fría, todos estaban de frente hacia el camino, pero su aspecto mostraba tristeza y todos se veían de color gris, mis ropas, mis manos al observarlas eran de aspecto normal, sin embargo, no me inquieté por la apariencia.

Volteé a mi izquierda y pregunté al hombre de al lado: "¿Me puedes decir a dónde vamos?" Era un hombre alto de aspecto europeo, supuse que sería de nacionalidad alemán por la enorme estatura y la rigidez de su rostro, él, al escuchar mi pregunta solo me miró y con la mirada señaló hacia el fondo indicando hacia dónde. "¡Gracias!" Le dije.

Y el de la derecha, un hombre mediano volteó hacia mí y con un gesto extraño me indicó que me callara. Así estuvimos de pie por mucho tiempo, por momentos parecía como si iba a amanecer, pero no, solo era la sensación, el frío que se sentía era cada vez más intenso como el de un congelador, pero nadie se quejaba, a pesar de no estar abrigados.

De pronto, comenzó a avanzar la fila y fuimos entrando uno a uno a un vagón como de tren enorme, cada quien se presentaba ante un personaje algo así como un pase de abordaje y a según el tipo de sello que le ponían era el lugar a donde serían asignados, al llegar yo al punto de abordaje busqué entre mis ropas mi boleto, más no lo pude encontrar, dejé que pasara el que venía atrás de mí y enseguida a otro y a otro, más mientras tanto yo seguía buscando entre mis ropas, cuando estaba al punto de la desesperación alguien me tomó del brazo y me hizo subir al vagón de manera que quedé hasta la parte trasera del vagón.

Desde ahí pude ver como todos iban de pie y atados de una mano al techo del vagón, a mí solo me hicieron que me sostuviera de una correa de cuero que colgaba del techo.

Pero en medio de toda aquella multitud de gente, se hacía algo así como una rampa donde se subía uno a uno, después de haberles hecho un breve cuestionario, a otros simplemente y sin previo aviso los arrojaban fuera del vagón como descalificados, para seguir en el viaje.

Yo desde atrás solo observaba toda la acción, y mentalmente comencé a sortear quien, si seguiría y quien no, mirando su aspecto y su rostro iba diciendo mentalmente.

Se va, se queda, se va, se queda, se va; así fui sorteando uno a uno, hasta que allá en el fondo en medio de la multitud alcancé a distinguir un rostro conocido al principio dije; "¡ah ahí está mi amigo!" y seguí sorteando, pero de pronto reaccioné y volteé rápido hacia donde mi amigo y dije: "¿es él?"

Me le quedé mirando, él hizo como que miraba hacia mí y con tristeza en sus ojos agacho la mirada al darse cuenta que lo había reconocido, efectivamente era un amigo de la infancia, del cual no menciono su nombre por respeto a sus familiares y porque me fue prohibido mencionarlo. Corrí hacia él, abriendo paso entre la multitud que al parecer no se percataba de mi existencia en ese lugar.

"¡Heyy!" Le gritaba, "¡soy yo!" "¡Espera", "¡espera!" "¡Hey!", "¡heeeey!" "¡No te vayas!"

Pero alguien llegó, lo desató de su mano y lo encaminó hacia la rampa que aún estaba muy lejos de donde yo estaba y ahí me quedé llorando por mi amigo, viendo cómo se perdía a lo lejos subiendo por aquella rampa.

Todo quedó en silencio, el crujir de tablones cesó por un instante, las cadenas ya no sonaban y poco a poco, uno a uno los hombres comenzaron a desaparecer, esfumándose entre la nada.

Al final solo quedamos unos cuantos, quince tal vez veinte, uno de ellos se acercó a mí y me dijo adelante es tu turno, sin voltear a verlo le pregunté ¿quiénes son todos ellos?

Poniendo su mano en mi hombro derecho golpeó suavemente dos veces y dijo: "todos y cada uno de ellos vivieron una vida desordenada, aunque ninguno ha sido condenado, aún no podrán ir al descanso, pues nadie hizo cosa tan mala como para ser condenado al abismo, pero ninguno hizo cosa buena como para merecer ser juzgado ante la suprema corte, por esas razones deberán permanecer en el lugar del suplicio, nadie podrá hacer nada para liberarlos hasta que el fin llegué, entonces serán parte de los guerreros".

Ray Navarrete

"¿Guerreros?" Pregunté yo "¿qué guerreros?" "¿Contra quién combatirán?" Y ¿por qué están custodiados por demonios?

Hacía infinidad de preguntas, pero a ninguna otra tuve respuesta. Solo recuerdo que fui empujado hacia la rampa y comencé a subir. Una gran nube blanca cubría la salida y se respiraba aire fresco. La nube era algo así como una cortina que dividía entre lo que estaba al final de la rampa y el sótano del cual fuimos enviados.

Tres más de los que estaban conmigo al final, subieron detrás de mí, yo sabía quiénes eran porque sus rostros me eran conocidos, más no recuerdo haber convivido nunca con ellos; pero de que si sabía quiénes eran si lo sabía.

Por fin cruzamos la cortina de nubes y quedamos en medio de un gran pasillo o corredor, como el de un hospital que doblaba al fondo haciendo escuadra, la pared exterior, era de concreto con ventanales a lo largo puesta a cada cinco metros, desde donde estaba hacia el fondo a mi derecha conté setenta y dos ventanas y setenta y dos a mi izquierda y luego la pared doblaba haciendo esquina, es decir quedé a la mitad de un corredor de ciento cuarenta y cuatro ventas de dos metros cada una, separadas a cinco metros de distancia una de la otra.

Lo que quiere decir que el pasillo o corredor tenía una longitud de mil cuatrocientos cuarenta metros, lo equivalente a una milla aproximadamente, las ventanas daban hacia afuera, pero todo estaba oscuro, apenas si se podía ver la luz que entraba a través de las ventanas era mínima casi imperceptible.

Por la pared interior había una enorme hilera de puertas, pegadas unas de otras separadas tan solo por la división de una pared del grosor de un ladrillo.

Todas las puertas eran de madera con una pequeña rendija por donde se podía mirar hacia adentro y en la parte superior de la puerta tenía grabado el nombre de a quien perteneciera ese lugar o cuarto.

En un principio y por inercia me acerqué a la ventana más cercana para ver qué podía ver, pero fue imposible la oscuridad era absoluta.

Entonces, me recargué de espaldas contra la pared y me fui deslizando hasta quedar sentado, desde allí, comencé a observar una a una las puertas, fue entonces que me di cuenta del nombre y de la pequeña rendija que tenían, pues del fondo salía una luz como la de una vela.

Me puse de pie y me acerqué a la puerta más cercana la esquina superior izquierda estaba marcada con el número, MDCCLXXVI, al tope de la puerta un nombre escrito en una lengua desconocida para mí, intenté abrir la puerta, pero no pude, entonces me asomé por la rendija y pude ver una vela encendida sobre una roca al fondo de aquella pequeña habitación y frente a la roca había un hombre con vestiduras de monje, de rodillas haciendo oración.

Le llamé a la puerta, le hablé por la rendija, le grité, pero por más fuerte que le grité nunca me escuchó; entonces fui a la siguiente puerta y a la siguiente, todos estaban en la misma posición haciendo lo mismo.

Entonces dije: "¡Mi amigo!" "¡Si! mi amigo debe de estar en uno de estos cuartos" y comencé a ir puerta por puerta llamándolo por su nombre, fui primero hacia un lado del corredor y enseguida hacia el lado contrario y nada, cuando llegué al fondo del otro lado del corredor al doblar la esquina y apartado de todo los demás cuartos había una habitación mucho más pequeña que las otras, la luz que salía del fondo del cuarto era más clara que las demás, esa puerta no estaba marcada como todas las demás, solo se podía distinguir el nombre en la parte superior de la puerta, una pequeña cruz como marcada con fuego al centro de la puerta.

Suspiré, y con voz de aliento dije: "¡Ahí está!" y sin más, cruce hacia el otro lado del pasillo y me fui deslizando poco a poco, recargado contra la pared, hasta llegar a la rendija, una vez más busqué el nombre para cerciorarme que era él de mi amigo y entonces con mucha cautela me asomé por una esquinita de la rendija y sí era él, estaba sentado sobre una pequeña silla de madera, con sus manos sobre sus rodillas en posición de recibir, la cabeza agachada como si le estuvieran llamando la atención y sus labios se movían tal y cual estuviera hablando con alguien.

Cuando intenté asomarme bien para ver mejor el panorama y poder saber con quién hablaba mi amigo, fui jalado repentinamente por el brazo hasta una habitación adjunta que en lugar de puerta de madera era una reja de acero como la de una cárcel.

Caí de espaldas en medio del piso frío de aquella pequeña prisión por así describirla y casi de inmediato me puse de pie y le dije a quién sea que me haya empujado: *"¡Heeeyy!"* *"¿Por qué me jalaste?"* *"¿Quién te crees que eres?"* y sacudiéndome las ropas me quise echar encima para golpearlo, pero me hizo una seña diciendo: "sssshhhhh! ¡Silencio! Shhhh calla no grites" o "vendrán por nosotros"

"¿Quién rayos eres tú?" en voz baja pero molesta le pregunté. Y nuevamente hizo: "¡shhhhh!" y señalando con su dedo al oído y hacia la puerta, me dio a entender que pusiera atención a los ruidos de afuera, entonces me recorrí hacia la pared donde estaba aquel sujeto y poniendo atención a los ruidos escuche voces y pasos de varias personas que venían por el pasillo como buscando a alguien, golpeaban las puertas de madera y gritaban fuerte como molestos, más no les podía entender lo que decían pues el idioma en que hablaban era desconocido para mí.

Me acerqué hacia donde el hombre aquel y le pregunté que quiénes eran y qué era lo que buscaban, me indicó quedarnos en silencio hasta que desaparecieron las voces y los pasos, entonces me dijo: *"Son guardianes de este sitio, y te andan buscando porque se dieron cuenta que andas aquí, y si te atrapan jamás podrás salir de este lugar"*; *"¿y tú cómo lo sabes?* le pregunté y ¿cómo es que les entendiste lo que hablaban? ¿Acaso eres uno de ellos?"

"¡No! No", replicó, "yo soy un mensajero como tú, al igual que tú, fui enviado para saber qué, es eso que las almas necesitan de nosotros los vivos, para poder ayudarlas a salir del sufrimiento pero cometí el error que tú estabas a punto de cometer"; *"un día me encontré con mi hermano que había muerto hace algunos años mientras salía de caza, lo seguí hasta aquí y lo quería sacar de este lugar pero llegaron los guardianes y me encerraron, ya nunca más podré salir de aquí, desde entonces me he*

dado a la tarea de ayudar a todos los que como tú quieren rescatar o hablar con alguien"

¡Sí! pero él es mi amigo, crecimos juntos y es casi un hermano para mí por eso cuando lo vi me inquietó y quise saber qué estaba pasando con él.

Y de paso saber en qué lo podría ayudar, *"te entiendo"* me dijo, pero no hay nada que puedas hacer aquí por él, tu trabajo es observar y lo que veas contarlo a los vivos para que ellos tomen acción, solo los vivos pueden sacar almas de lugares como estos.

"Tu amigo está en el proceso de ser escuchado de lo que él declare en esa confesión dependerá su destino"; "pero yo podría ayudarle yo lo conocí muy bien y quizás mi testimonio podría ser útil", *"¡No!"* me dijo; "nadie conoce al hombre como el hombre mismo" "y en el caso de tu amigo él está contando cada segundo de su vida y la razón por la que está ahí es por qué alguien oró o está orando por él entre los vivos o porque tal vez él sacrificó su vida por alguien más".

"Yo sé lo que te digo, si lo interrumpes lo dejarás aquí por siempre y cuando tú regreses nada ni nadie podrá hacer nada por ti, mira que ya llevo seis siglos queriendo escapar de aquí, te mostraré la salida y procura no volver a involucrarte con nadie de este mundo, mientras seas un mensajero."

Entonces pregunté "¿y mi hijo?, ¿dónde está?, Por qué me pareció verlo por aquí". Tu hijo está bien entre los vivos, lo que viste fue una ilusión, él no está destinado para hacer esta travesía, así que ve sin preocupaciones.

Entonces se levantó y caminó hacia el fondo de la habitación y me señaló una pequeña escalera de cuatro escalones de concreto que subían hacia una puerta, me levanté, caminé hacia la escalera y al pasar junto a él me replicó. Recuerda solo observa y lleva el mensaje. Subí las escaleras, abrí la puerta y sin más, salí.

CAPÍTULO 3

DE REGRESO A CASA

La puerta se cerró detrás de mí y yo quedé sobre una plataforma de concreto como de dos por dos metros. Era un día nublado con apariencia de haber llovido, me aproximé al borde de la plataforma para ver qué tan alto era el lugar; no era muy alto, no rebasaba los tres metros de altura, levanté la mirada y todo frente a mí era como un gran baldío, como una llanura enorme, en medio de un bosque, pues al fondo se podía ver como los árboles formaban una valla protectora, el pasto era verde y por en medio del pasto se veía una vereda muy bien remarcada.

Fui siguiendo la vereda con la mirada hasta que allá al fondo vi venir una hilera de hombres caminando hacia donde yo estaba, me acerqué hacia la otra orilla del estrado para observar mejor y pude ver que en realidad eran hombres que venían hacia donde yo me encontraba, mas no hacia mí.

Su aspecto físico se veía cansado, su rostro triste, y su mirada clavada en el suelo, vestían uniformes como de presos color gris a rayas, estaban unidos unos a otros por medio de una cadena atada a los pies; la fila era enorme como de unos seiscientos hombres, algunos sangraban de las manos, como si los hubieran torturado o hubieran sido obligados a hacer trabajos forzados. Nadie los guiaba ellos solos caminaban por la vereda como corderos hacia el cabresto.

Entonces seguí la vereda hacia el lado contrario, hacia donde supuse que venían aquellos hombres. Casi al final de la vereda pude ver una hilera de mujeres, que estaban en posición de lavanderas, no se les podía ver el rostro, pues estaban agachadas cada una sobre una piedra como a la orilla de un arroyo, lavando ropa.

Me entró la curiosidad, y busqué la forma de ir al encuentro de aquellos hombres, busqué y busqué como bajar de ahí, hasta que encontré una escalera que descendía desde la plataforma hasta la orilla de la llanura, está estaba pegada a un enorme edificio de ladrillo y concreto, que supongo era el mismo de donde yo acababa de escapar.

La escalera era larga, y pronunciadamente inclinada, tuve que bajar con bastante cuidado pues un descuido mío hubiese sido fatal.

Cuando por fin toqué el último escalón, me dispuse a ir al encuentro de los hombres aquellos que aún venían muy lejos, una mano me tomó del hombro y una voz me dijo: "espera, no corras, yo te llevaré, sé prudente, recuerda solo observa, no preguntes ni hagas nada que no te esté permitido".

El hombre aquél me llevó hasta el encuentro de aquellos hombres, nos detuvimos en un punto intermedio muy cerca del camino por donde pasarían, conforme se acercaban se escuchaba el ruido que hacen las cadenas al arrastrar por el suelo, al mirar al primer hombre de la fila pasar, no pude contener el llanto.

Pude ver su rostro que estaba casi destrozado por los golpes recibidos, su mirada clavada al suelo su cabeza rapada y sus ropas desgastadas y sucias, solo traía un zapato viejo y roto, el grillete que traía al tobillo le había hecho una llaga que casi se le podía ver el hueso, sus pies desnudos sangraban y en cada paso que daba se escuchaba un quejido muy apenas perceptible.

Sin embargo, venían cantando glorias y otros cantos victoriosos a su salvador, yo caí de rodillas al ver tanto sufrimiento en un solo ser humano, pero que sin embargo ni una sola blasfemia o maldición salía de su boca, al pasar frente a mi volteo su mirada hasta encontrarse con la mía, jamás, jamás he visto en mi vida una mirada tan tierna, llena de bondad y amor como la mirada de aquel hombre que iba a la punta de aquella enorme fila de hombres.

El ruido de las cadenas se hacía cada vez más intenso conforme avanzaban, fui levantado del suelo, fui encaminado hacia la mitad de la hilera de hombres y fui incorporado en la fila, en un espacio donde la cadena estaba cortada y así fui caminando en medio de esos hombres.

Uno a uno fue pasando por donde las mujeres; iban siendo liberados de sus cadenas, se les ordenaba quitarse las ropas para que las mujeres las lavaran y enseguida se les vestía con un vestido nuevo y blanco, al final el camino se dividía en dos, como en "Y" a la mitad de la división estaba una figura como de hombre al cual no se le podía ver el rostro, pero cada cual se acercaba a él y después de cruzar un par de palabras él les indicaba hacia dónde debían ir.

Después de ese proceso corrían felices, sanos y limpios hacia donde se les había indicado, todo era como un acto de liberación y sanación después de un largo periodo de sufrimiento.

Así se iban perdiendo de mi vista al ir subiendo por una colina verde donde el cielo era de un azul resplandeciente, era curioso ver el contraste de los dos paisajes totalmente distintos uno del otro, hacia atrás triste, gris, desolador y hacia adelante luminoso y lleno de esperanza, pero solo yo lo podía notar.

Poco a poco me fui acercando hacia los lavaderos, y en cada paso que daba mi corazón se me agitaba como cuando sientes una inmensa alegría por ver a alguien que por mucho tiempo no has visto.

Conforme me acercaba volteaba al suelo, miraba al cielo y de vez en cuando volteaba a hacia donde la figura de hombre y veía cómo iba recibiendo a uno por uno; los abrazaba con mucho cariño les hacía levantar la mirada para que lo vieran, enseguida les acariciaba la cabeza y se les acercaba para darles un beso en la frente y enseguida con la mano les indicaba hacia dónde ir.

Pude ver que el rostro de aquel hombre era como un cristal, luminoso algo que nunca antes he visto, se le veía también hilos como de oro, caían en forma de cabellera desde su cabeza hasta un poco más abajo de sus hombros, su ceño frontal figura un tres como si la vena de su frente se le inflamara, formando así un pronunciado tres. De ahí no se le podía distinguir nada más.

Cuando por fin llegué hasta donde las mujeres que lavaban, me dispuse a hacer lo que los otros venían haciendo que era quitarme la ropa y entregarla; vino hacia mí una mujer con su rostro tapado, y sin decir palabra alguna me indicó que no me desnudara, entonces volteando para todos lados, me preguntaba a mí mismo "¿por qué yo no?"

Y volteando y volteando alcancé a ver en un rincón un cuartucho de madera y cartón simulando como un baño de esos que se utiliza en los pueblos para bañarse, solo te cubría de los hombros hacia abajo, quedando tu cabeza libre para ver hacia afuera, ahí en ese baño me pareció volver a ver visto a mi hijo quién se echaba agua en la cabeza y enseguida se salía de aquel baño.

Pero recordando lo que se me había dicho que era solo una ilusión, no dije nada. Y volteando hacia la mujer, le dije: "adelante dime, que debo hacer".

Me tomó del brazo y me llevó hasta el baño, y me dijo; "échate agua de la cabeza a los pies para que quedes limpio, enseguida bajarás a donde se te indique, cuenta a todo mundo lo que aquí has visto, mas no trates de dar explicaciones, porque no todos entenderán el mensaje y aquellos que lo entiendan sabrán que hacer".

Traté de preguntar, qué era todo ese lugar, pero me empujó hacia el baño, me eché agua como se me había indicado y enseguida se abrió frente a mí algo así como una puerta enorme, donde todo estaba oscuro, era como si de pronto se hubiese hecho de noche.

Frente a mí había una carretera empedrada, yo la miraba y me decía a mí mismo: "este camino yo lo conozco" y comencé a bajar por el empedrado, esta vez venía de este a oeste es decir de donde sale el sol hacía donde se oculta.

Conforme bajaba, fui reconociendo aquél lugar, pues eran las calles de un pueblo en que alguna vez viví, comencé a reconocer las casas, las pequeñas calles, a las personas que estaban sentadas a la puerta de sus casa, el arroyuelo aquél donde jugaba a que era pescador junto con algunos amigos de infancia, la higuera frondosa que estaba a orillas del arroyo, todo me era muy familiar, de pronto vi una silueta como de mujer que estaba sentada en una banqueta alta cerca de la higuera y miraba hacia la calle.

En la calle se veía la silueta de hombres danzando, nunca pude verles el rostro ni a la mujer ni a los danzantes ya que todo estaba muy oscuro, fui y me acerqué a la mujer y de entre sus brazos salió un hermoso niño de pelo rizado, rubio y sus ojos sus eran de color azul, me pidió que lo cargara, lo tomé en mis brazos y la mujer desapareció de mi vista, entonces el pequeño comenzó a hablar.

Decía: "el lugar donde ahora pisas, es lugar de aquel que fue, que es y que será, más ha sido ultrajado, por actos impuros cometidos por quienes lo habitan, no será destruido porque en su templo hay una promesa que fue hecha para quienes lo construyeron, pero si no enderezan el camino nunca encontrarán la felicidad que les fue prometida, tú tendrás que volver a entrar al templo cuantas veces se te indique y traerás noticias a tu gente y al mundo entero, mira que escucho el gemir de inocentes, clamando mi nombre para ser salvos, mi amor quiere ir en su ayuda más mi justicia me lo impide".

"La sangre del inocente corre como ríos bajo mis pies y eso me lastima y me enfurece, dile a tu pueblo que si no quiere probar lo que es la ira de aquél a quien todo le pertenece, que se alejen de todo acto que corrompe el corazón del hombre, nadie es digno de venir a mí, pero todos tienen la gracia del perdón bajo concilio de arrepentimiento. Ahora ve hasta los atrios y espera ahí hasta que se te indique qué hacer".

Me queda claro que esto no termina aquí, que esto es tan solo el principio de una travesía infinita, nadie sabe con exactitud cuáles son las predicciones del creador, pero todos conocemos sus leyes y esas nunca cambiarán, tal vez lo que aquí relato es una secuencia de sueños o quizás son realidades disfrazadas de sueños.

Lo cierto es que aún guardo en mi memoria cada evento como si lo hubiese vivido en carne propia o me lo hubiesen pasado en una película, hoy me pregunto; la travesía del Iscariote ¿seguirá?
Solo Dios lo sabe, solo Dios…

CAPITÚLO 4

UN LUGAR
DESCONOCIDO

Después de haber escuchado aquellas indicaciones que retumbaban como estruendo de cañón en mis oídos, me fui de aquel lugar, caminando cabizbajo, tratando de encontrar una respuesta lógica a todo lo que había vivido, comencé por hacerme preguntas, de ¿Por qué esto; de por qué aquello?

Incluso me preguntaba acerca de las personas que había visto durante la travesía, que significaba todo aquel paraje de oro que vi, quién era aquél hombre que me llevó de la mano, toda clase de imágenes pasaban por mi mente, mas no se me dio respuesta alguna, tan solo sentía paz en mi corazón, era como que si de alguna manera, todo aquel recorrido me hubiese liberado y al mismo tiempo hubiese yo participado en la liberación de todas esas personas con quienes me topé. Lo cierto es que me sentía en paz conmigo mismo.

Más, sin embargo, en mi mente estaba la incógnita imagen de aquella madre con su hijo en brazos, por qué la mujer nunca volteo a verme, su rostro era hermoso, su mirada reflejaba ternura, sentí que me miraba de reojo más nunca volteo a verme directamente.

Y el niño, ¿quién era ese niño? ¿por qué pidió que lo cargara? Era un niño como de unos cuatro años, pero cuando lo cargué en brazos parecía que cargaba a un joven adulto de unos 45 kilos de peso, su voz no era la de un niño, más bien parecía como la voz de un padre que le habla a un hijo, dándole instrucciones de que debía hacer y cómo debía actuar.

Su mirada era amorosa, sus ojos de un color azul nunca antes visto por mí, tenía el pelo entre rubio y rojizo, y la piel blanca, vestía un ropón como de bautismo y sus pies estaban descalzos.

Aún recuerdo cuando me tendió los brazos para que yo lo cargara. Pero no recuerdo en qué momento se lo regresé a su madre, porque en seguida me vi caminando calle abajo por las orillas de aquel pueblo que según yo era mi pueblo natal, la calle por donde caminaba era amplia, empedrada y recta hasta cierto punto, pues al final era una pendiente que subía hasta las orillas del cerro del panteón, había una iglesia donde practicaban cultos algunos creyentes de aquel poblado.

Las primeras casas que vi me parecieron conocidas, por eso no sentí inquietud alguna al ir caminando por esa calle, pero más adelante ya no me era conocido aquél lugar, de pronto me vi caminando por una vereda llena de espinas, era de noche y me sentía perdido, quería gritar para pedir auxilio, pero la voz no me salía y nuevamente ese olor a podredumbre brotaba de todas partes, pero ya no había forma de regresar, era seguir adelante o sentarme a llorar derrotado.

Solo la imagen de aquel niño y su voz que retumbaba en mis oídos me hacían prevalecer y continuar, por aquel oscuro pasaje que, en descripción corta, era para mí como un laberinto sin salida. "No será fácil, pero yo estaré contigo" esa era la frase que se me grabó de aquel niño y que no sé por qué, pero me daba esperanza.

Al principio era una calle amplia, empedrada y muy alumbrada, había gente en las banquetas hasta me pareció haber visto niños correteando por la calle, pero cuando me miraban ponían cara de sorprendidos incluso algunos parecían asustados.

Luego se murmuraban entre ellos y se iban corriendo para sus casas, las personas adultas que estaban en las banquetas, al mirarme agachaban la cara, eran personas conocidas mas no recuerdo sus nombres, los hombres traían ropa de campesinos, usaban sombreros, camisas de manga larga, huaraches de correas y algunos andaban descalzos, era como si descansaran después de una larga jornada.

Recuerdo haber visto solo a unas cuantas mujeres, sentadas a la puerta de las casas, parecían atareadas, pero que al igual que los niños al verme, enseguida se levantaban recogiendo cuanto podían poniéndolo en sus delantales, y se iban de prisa desapareciendo tras la sombra del umbral de sus puertas.

No comprendía por qué actuaban de esa manera, alcancé a escuchar a lo lejos las campanas de la iglesia, tocando la tercera llamada, dos campanadas las escuché muy claro, pero la tercera fue un toque desvanecido y fue ahí precisamente cuando debí haber entrado en aquella vereda, oscura y llena de espinas.

Las espinas se clavaban en mi cuerpo, desgarrando mis ropas, escuchaba ruido entre los arbustos, la hojarasca seca era muy ruidosa, era como si alguna bestia me estuviera acechando, fue ahí cuando sentí miedo y me detuve para dar marcha atrás, pero ya eso no fue posible, el camino se había cerrado, no había forma alguna de regresar, hice varios intentos, pero una enorme pared de arbustos espinosos impidió el paso.

"¿Qué hago?" Dije, el miedo era intenso y el dolor causado por las espinas era muy fuerte. Caí de rodillas, comencé a rezar, cuánto rezo me sabía, más tan solo podía rezar solo una fracción del rezo, algo me impedía recordar los rezos completos por más sencillos que estos fueran.

Mis manos comenzaron a sudar, mi cuerpo temblaba, sentía llorar, pero no podía hacerlo, una desesperación de sentirme perdido se fue apoderando por completo de mí, poco a poco fui agachando mi rostro, hasta quedar con el rostro al piso, sentí como alguien pasó una rama llena de espinas sobre mi espalda y se reía de una forma macabra.

Con voz burlesca me decía: "¿A dónde vas?" "Jejeje" "¿vas al panteón?" "Jajajajaj" "pero si al panteón solo van los muertos" "¿Acaso tú estás muerto?" "No, verdad jajajaja" "tienes miedo" "jaja tienes miedo" "¡Ya no tienes salida!" "¿A dónde vas? Mira a tu alrededor aquí no hay nadie que te ayude, solo estamos tú y yo, jajajajajaj" "ya me desafiaste muchas veces, pero esta vez no tienes escapatoria" y jalándome del cabello me decía, "voltea a verme, voltea a verme, o aquí mismo acabo contigo".

Entre abrí los ojos y solo alcancé a ver la puntilla de uno de sus pies, eran como los dedos de un ave de rapiña, con unas garras muy afiladas, parecían como punzones de acero, entonces cerré los ojos fuerte y comencé a respirar profundo, mientras decía entre mí: "De mis enemigos, sálvame, de la muerte protégeme, del infierno líbrame, del maligno escúdame y con tu sangre preciosa cúbreme, porque solo a ti pertenece todo mi ser, mi cuerpo polvo será y a la tierra volverá, pero mi espíritu, proclama tu nombre y solo en tu regazo ha de reposar, envía oh señor tú ejército a limpiar tu sendero, que el maligno sea arrojado de nuevo a las profundidades del abismo y que quede atado por los tiempos de los tiempos yo, me declaro tu servidor y no he de servir a ningún otro que no seas tú mi señor y salvador."

Mientras hacía oración, constantemente intentaban interrumpirme, con blasfemias y burlas, hasta que al final se escuchó una discusión entre dos voces muy potentes una era muy firme y con seguridad le daba órdenes a la otra, la otra era la voz de aquella bestia, pero esta vez sonaba temblorosa y asustada y salió despavorida y llorando como cuando azotan a un perro.

Todo volvió a la calma, yo seguía orando, dando gracias a quien me liberó de aquella bestia, el olor a putrefacción fue disminuyendo hasta sentir aire fresco, poco a poco abrí los ojos y lo primero que vi fue el color de la tierra de la vereda, que era de tierra colorada, un aliento de alivio se apoderó de mí al darme cuenta que ya era de día.

Levanté la cabeza y comencé a mirar a mi alrededor, los arbustos espinosos estaban ahí, pero echados hacia afuera del camino, al fondo hacia la cima de la colina se veía un panteón, hacia atrás no había pueblo, o no se podía ver, porque el camino hacia abajo, doblaba hacia la izquierda, los arbustos de un lado y del otro formaban una especie de túnel y las ramas que colgaban figuraban una pared que cerraba el paso.

De pronto escuché un estruendo como el de una centella que me hizo voltear camino arriba, pues me pareció que de allá salió el estruendo, una nube negra cubría gran parte del horizonte que se alcanzaba a ver tras la colina, aún relampagueaba la nube cuando a mitad del camino vi a un hombre vestido de blanco haciéndome señas que fuera hacia él y en seguida apuntaba hacia su derecha, como indicando hacia donde tenía que ir.

Como pude me puse de pie apoyándome del borde del camino para no caer, ya que tenía mi cuerpo todo adolorido por las espinas, las piernas entumecidas por todo el tiempo que estuve tirado sobre mis piernas y con la cara al suelo.

De entre los arbustos tomé un varejón que me pudiera servir de apoyo al caminar, lo tomé y comencé a removerle las espinas, las cuales eran muy grandes y afiladas como del tamaño de mi índice, arranqué la primera y al tirarla al suelo un relámpago brilló en el cielo, arranqué la siguiente, y cuando la iba tirar al suelo un rayo golpeó fuertemente en la cima de la colina, entonces volteé hacia donde el hombre y este movió la cabeza en señal de desapruebo.

Entonces empuñe la espina y la puse en la bolsa de mis pantalones y me agache para levantar la otra espina y esta se estaba desvaneciendo entre la tierra del camino, rápidamente le tiré el agarrón levantándola junto con un puñado de arena y me la puse en la otra bolsa de mis pantalones y así comencé a caminar cuesta arriba, pero cada paso que daba el hombre aquel, se iba alejando, pero seguía haciendo las mismas señales de ir hacia él y apuntar hacia su derecha.

Yo caminaba y él se alejaba, yo caminaba y él se alejaba más y más, entonces comencé a murmurar yo mismo: "¿Quién es ese hombre? ¿Y por qué no me espera? ¿No ve que vengo herido?" y así fui subiendo por no sé cuánto tiempo, hubo un momento en que el trinar de una avecilla me distrajo, pero seguí caminando y refunfuñando por el dolor y el cansancio, hasta que en un punto casi al llegar a la cima de la montaña, vi cómo aquel hombre se perdía entre las nubes.

Caminaba de frente hacia las nubes dándome la espalda, su blanca vestidura resplandecía entre la negrura de la nube, que aún estaba relampagueando, nuevamente caí de rodillas y agradeciendo al cielo dije "quienquiera que seas bendito eres" y así me quedé por un buen rato, hasta que reaccioné, y dije desesperado: "¡y ahora! ¿por dónde?"

"Si, aquí se acaba el camino" volteaba de un lado a otro tratando de encontrar por donde seguir, pero no había brecha alguna que seguir, "que hago, que hago que hago" me cuestionaba una y otra vez, hasta qué "¡aaah la avecilla! ¡Sí! ¡Eso es!"

"El ave que trinó, debe de ser la señal" y me fui de prisa hasta llegar al punto donde escuché el trinar de aquella ave, llegué y busqué por todos lados, "por aquí es, si por aquí es, aquí está la roca donde estaba parado el hombre, pero ¿por dónde debo ir?, el hombre apuntaba hacia allá"

Entonces de entre los arbustos salió volando la avecilla y se metió en los arbustos del otro lado del camino, justo por donde señalaba el hombre, entonces me quedé mirando fijamente por donde entró el ave y me di cuenta que las ramas de los arbustos no eran parecidas a las demás, estas parecían como si las hubieran podado y acababan de retoñar, pues se veían como retoños tiernos.

Entonces, con la vara levante los retoños y efectivamente ahí estaba el camino, que el hombre seguramente me indicó. Era claro, ese era el camino. Pero ¿A dónde me llevaría…?

Entré por esa vereda, que al parecer era el camino que se me había indicado, al entrar resbalé, pues estaba mojado parecía como si recién había llovido.

No había nubes sin embargo goteaba agua de las ramas de los arbustos y árboles que cubrían el camino, había que ir lento y con mucho cuidado pues cada vez era más inclinado y resbaloso, en ocasiones me tenía que sostener de alguna roca, o de una raíz que sobresalía a la orilla del camino.

Hasta ese momento no tenía idea de a dónde me llevaría aquella vereda, solo caminé y caminé cuesta abajo por un buen rato, entre los arbustos de repente salían pajarillos revoloteando y al fondo entre la arboleda se escuchaba el trinar de cientos de ellos.

Cantaban con tal entusiasmo como cuando recién amanece, yo disfrutaba el trinar de las aves y el sonido de las gotas de agua al caer sobre la hojarasca y aunque resbalaba, era muy placentero aquel olor a tierra mojada.

Por un momento me senté para observar con cuidado todo mi entorno y la nostalgia me llevó el pensamiento a un viaje por mi niñez cuando gustaba de jugar con el agua de la lluvia que corría por las calles de mi pueblo, con ese olor a tierra mojada y comencé a añorar a mis padres, a mis hermanos y amigos, me vi a mí mismo correteando por los maizales y los sembradíos de alfalfa y frijol mientras la lluvia caía a cántaros, ah ¡Qué tiempos aquellos, jamás volverán!

Poco a poco se fueron desvaneciendo mis pensamientos al mismo tiempo que se fue desvaneciendo el trinar de las avecillas, el cielo se fue poniendo gris y una densa niebla comenzó a subir desde el fondo de aquella colina, al principio pensé, creo que lloverá debo darme prisa si no me va a agarrar la tormenta.

Comencé a bajar y al doblar en el camino que rodeaba a una enorme roca, todo se puso oscuro de nuevo, como si fuera de noche, sin embargo, el camino se podía ver bien, todo era silencioso y misterioso, sentía como si alguien me estuviera observando todo el tiempo.

De pronto el camino terminó justo al bordo de una escalera de concreto que baja de forma recta y bastante inclinada.

Iba a dar el paso para bajar el primer escalón, cuando vi una silueta como de un hombre mayor que se aproximaba hacia mí, me quedé quieto esperando a que se acercara un poco más para poder distinguir su rostro, pero solo se acercó a una distancia como de siete metros, su silueta me pareció conocida, era de estatura mediana, robusto sus ojos brillaban al principio pensé que era por la luz de la luna, pero luego me di cuenta que el cielo estaba completamente nublado.

"¿Quién eres?" Pregunté, pero no recibí respuesta alguna, "¿vas a bajar?" Volví a preguntar, entonces hizo una seña indicando que yo iba primero. "Está bien, está bien yo voy primero gracias" le dije y comencé a bajar.

Conforme iba descendiendo las escaleras, la densa niebla comenzó a desvanecer, pero no del todo solo hasta un punto donde se podía distinguir lo que había abajo.

Lo primero que vi, eran las calles de un pueblo que estaba al fondo como a unos cien metros de donde yo estaba parado en ese momento.

No se veía gente caminar por las calles, parecía como un pueblo muy sombrío, podría decirse que era un pueblo abandonado. Me quedé atento observando para ver si podía distinguir alguna luz encendida, en alguna de las casas, pero no todo estaba a oscuras y muy silencioso.

La adrenalina de mi cuerpo comenzó a subir, era como una mezcla entre miedo y valentía, mi mente me decía no sigas, pero el corazón me impulsaba a seguir adelante, de pronto al final de las escaleras alcancé a ver al hombre que me había topado al principio de las escaleras, "¿cómo llegó hasta allá antes que yo?" Me pregunté a mí mismo, ¿y por qué está parado al revés? Sí, porque parecía como un espejismo, era como si el hombre estuviera parado a la orilla de un lago y yo solo podía ver el reflejo de su figura en el agua, y entonces las escaleras ya no eran como bajar sino subir.

Volteé hacia atrás pues pensé, debe ser el reflejo del agua y él está al principio de las escaleras, eso es, viene detrás de mí.

Comencé a descender por las escaleras poco a poco un escalón a la vez, la figura al fondo no se movía seguía ahí como esperándome, de vez en cuando yo volteaba hacia atrás para asegurarme de que el hombre aquél seguía arriba donde yo lo había dejado.

Cuando llegué a la mitad de las escaleras volteé hacia enfrente es decir hacia abajo y me sorprendió mucho ver que la figura que yo miraba a la inversa ahora estaba al derecho y de frente a mí. Y las escaleras ya no eran hacia abajo ahora iban hacia arriba.

Entonces volteé hacia atrás y vi que la escalera era como un sinfín caracoleado comenzaba bajando, pero terminaba subiendo y lo que de arriba hacia abajo miré como un reflejo en el agua a la inversa ahora era alguien real y estaba esperando por mí.

A lo lejos se veía solo una silueta de un hombre alto delgado, vestía algo así como una túnica que con el viento se le volaba su pelo era largo y rizado pude darme cuenta de eso porque con el viento también se le volaba.

Cuando por fin pisé el último escalón quedé frente a frente de aquel hombre. Su rostro era de una hermosura indescriptible, su mirada era profunda, pero al verle sentí esa sensación de paz y tranquilidad.

Era como si de pronto me hubiese reencontrado con un viejo amigo y algo me hizo pensar que entraríamos caminando juntos por aquél poblado.

El hombre aquél puso su mano sobre mi hombro y con voz suave pero firme dijo: "por fin llegas creí que me quedaría esperando aquí una eternidad". Entonces, le pregunté: "¿Quién eres tú y por qué me estás esperando?" y me dijo; "No hagas preguntas" "Solo escucha y haz lo que yo te diga"

Entrarás a ese pueblo por la calle que yo te indique, por más que veas no te distraigas con nada ni te desvíes del camino y escuches lo que escuches y veas lo que veas tu sigue adelante si alguien te pide auxilio ignoralo, si alguien quiere hablar contigo dile que vas de prisa, es muy seguro que te perseguirán, pero no temas que yo estaré vigilante por ti.

Cuando se oscurezca no corras, más detente y espera a que yo te señale por donde debes ir. Entonces de sus vestiduras sacó un Rosario y me lo colgó al cuello y me dijo: "mejor arma que esta no hay, debes usarlo cuantas veces, te sea necesario, ahora anda ve que la jornada es larga".

Me di la vuelta y comencé a caminar por una calle larga y pavimentada volteé hacia atrás para preguntarle que si era por ahí por donde debía ir, pero ya no estaba, había desaparecido.

Seguí caminando adentrándome en el poblado, al principio me llamaban mucho la atención las casas que eran de adobe y muy humildes, de cuando en cuando se asomaba alguien y como yo levantara la mano para saludar se escondían deprisa detrás de las puertas o entre las cortinas de las ventanas, entonces recordé las palabras de aquel hombre que me dijo que no me distrajera con nada y seguí caminando y caminando por un buen rato.

De pronto me di cuenta que ya era de noche y todo estaba oscuro, no había luces en las calles solo se veía una que otra luz encendida a través de algún ventanal.

En un instante comencé a escuchar voces en las esquinas de las calles como de gente platicando, pero cuando llegaba a la esquina las voces se desvanecían, comencé a sentir miedo y empecé a caminar más deprisa, las voces eran cada vez más fuertes y por momentos sentía que me venían persiguiendo.

Escuchaba gritos de auxilio y en ocasiones se escuchaba a alguien que me decía "ven ayúdame", pero yo recordando lo que se me había dicho seguí caminando ignorando todo cuanto escuchaba.

De pronto vi como un caballo hermoso, como un corcel fino cruzó la calle y dije: "¡qué hermoso caballo!", debe de ser de alguien de los que me piden ayuda lo deben de andar buscando.

En eso estaba cuando empecé a escuchar detrás de mí una manada de caballos a todo galope y me eché a correr pue dije si me alcanzan me van a trillar, corría y corría, cada vez los escuchaba más y más cerca, el miedo se comenzó a apoderar de mí, sentía que mis pies se enterraban en el pavimento era como si estuviera corriendo sobre arenas movedizas o algo así pues sentía que avanzaba mientras decía me van a alcanzar.

Ya los sentía muy cerca, se alcanzaba a escuchar el resollar de los animales, sus cascos casi pisando mis talones y cuando sentí que me habían alcanzado me tiré al piso agazapado, cubriendo mi cabeza con las manos y tan pronto como caí al suelo se fueron desvaneciendo los galopes de los caballos.

Abrí los ojos y comencé a mirar entre mis dedos y al darme cuenta que estaba a salvo me comencé a levantar, pero cuando me estaba incorporando aún cansado y agitado por la carrera, comencé a notar que del pavimento brotaba una densa niebla y me quedé quieto ahí sin moverme el olor era muy fuerte como de gas, con la oscuridad no se veía bien, pero si pude ver que el alquitrán del pavimento estaba hirviendo.

Poco a poco me fui poniendo de pie y empecé a observar mi entorno, hacia la izquierda se veía una plazuela con árboles deshojados y al fondo entre las ramas secas se alcanzaban a distinguir las cruces de un panteón, había casas a mi alrededor, se podía distinguir la silueta de algunas pues la niebla era muy densa, al voltear hacia la derecha dije: ¡wow! ahí estaba la imponente fachada de una Iglesia de color negro....

Acerca del Autor
Ray Navarrete

Ray Navarrete nació en Jalcocotán Nayarit, México, en el año de 1973, su gusto por la escritura le viene desde temprana edad, al darse cuenta que a través de las letras podía expresar su sentir por la vida, la naturaleza y por el amor.

Pero no fue hasta el año 2019 cuando publica su primer libro de poesías titulado: **"Del Sufrimiento a la Paz, De la Paz al Amor"** apoyado por la escritora y activista Miriam Burbano presidente de la organización #JEL - Jóvenes Escritores Latinos.

Ray Navarrete, es también un activista nato, aunque siempre, ha preferido trabajar con diferentes organizaciones bajo el anonimato ya que su legado personal heredado de sus padres es "el ayudar al prójimo, sin ayudarse del prójimo, es agradar a Dios"

Su faceta como cantautor, comienza en el año 2018 cuando en Mayo de ese año lanza al mercado su primer álbum discográfico titulado **Ray Navarrete** con 12 temas de su autoría. Meses más tarde lanza un sencillo titulado **"Navidad Contigo"**.

El 2020 no fue la excepción ya que también en ese año a pesar de los estragos de la pandemia lanza dos materiales más. En Mayo 31 el sencillo titulado **"Te Enmudecieron Tu Mundo"** y el 11 De Noviembre sale al mercado su más reciente álbum con 11 temas de su autoría titulado **"De Qué Te Quero Te Quiero"**

Es así como poco a poco se va dando a conocer su obra tanto musical como literaria.

Ray Navarrete "El Poeta De La Música Ranchera" como lo apodan sus amigos y seguidores, es hoy un escritor, autor y cantante que poco a poco y como dice él, va de la mano de Dios tratando de crecer en el ámbito artístico y literario con la firme convicción de agradar primero a Dios y así con sus obras poder servir a su comunidad.

Hoy en el 2021 nos presenta su obra **"La Travesía Del Iscariote"** un relato de misterio extraordinario que será de su total agrado.

Crítica

La Travesía del Iscariote, por Ray Navarrete, escritor mexicano nacido en Jalcocotán Nayarit, en 1973.

En esta obra, el autor nos lleva por un recorrido impactante, en el que veremos cómo los designios de Dios son exactamente como Él los tiene previsto, esta obra para mí es ver a través de sus palabras; es acompañar en el viaje a un ser privilegiado, que por voluntad de nuestro Dios, pudo conocer la vida después de la muerte, y lo que sucede con nuestras almas; fue pasar por los diferentes lugares donde tenemos que rendir cuentas a nuestro ser superior, lavar nuestras conciencias, purgar nuestras almas, vernos desde el punto más sincero y claro de nuestro ser; realmente es una experiencia deslumbrante y sobrecogedora el leer este libro, que en lo personal me ha llevado a la reflexión de mi actuar como ser humano, estoy segura que lo van a disfrutar de principio a fin pues en algunos aspectos podemos sentirnos intrigados y hasta identificados con sus líneas.

www.ingramcontent.com/pod-product-compliance
Lightning Source LLC
Chambersburg PA
CBHW070457130626
46555CB00003B/1035